송추 가마골
김오겸 회장의 **성공신화**

송추가마골 김오겸 회장의 성공신화

초판 1쇄 발행 | 2006. 3. 31
초판 2쇄 발행 | 2006. 5. 7

지은이 | 정보철
펴낸이 | 손상목
펴낸곳 | 도서출판 인디북

등록일자 | 2000. 6. 22
등록번호 | 제 10-1993호
주 소 | 서울시 마포구 용강동 469번지 하나빌딩 2층
전 화 | 02)3273-6895 팩 스 | 02)3273-6897
홈페이지 | www.indebook.com

ISBN 89-5856-084-3 03810

600만 원으로
2,000평 국내 최고 식당을 만든
송추가마골 김오겸 회장의 성공 노하우 대공개!

송추가마골 김오겸 회장의

성공신화

정보철 지음

인디북

머리말

존경받지 말아야 할 사람이 존경받는 것이 무엇보다 싫었다. 마찬가지로 존경받아 마땅한 사람이 존경받지 못하는 사회풍토에 진저리가 났다. 가식과 거짓이 우월적 존재로 추앙받고, 위선과 작위가 장난치는 사회라면 나는 그런 사회에 머물지 않겠다고 다짐했다. 내 판단이 잘못이라면, 내 결정이 오판이었다면 이대로 사라지면 될 것이다.

사람들이 가장 분주하게 움직이는 시점을 택해 나는 아무도 없는 암자를 찾았다. 그리고 아무도 만나지 않는 공간에서 아무도 만나지 않는 시간에 나는 한 사람을 만났다. 이 사람은 평소 내가 만나고 싶었던 인물이었다. 나는 항상 이런 사람을 만나기를 꿈꿔 왔다. 내가 관심을 가졌던 사람은 미친 사람, 사는 것에 미친 사람을 원했다. 미친 사람에게는 지칠 줄 모르는 에너지가 있다. 그에게는 뜨거운 삶에 대한 열정이 있으니, 그 뜨거운 기운에 온몸이 타오르지 않을 수 없다. 활활 타올라라. 재마저도 타올라라.

국내 최고의 식당이라 평가를 받고 있는 송추가마골의 수장은 김오겸 회장이다. 그는 열 평 규모의 임대 식당에서 시작했다. 출발부터가 축복이다. 궁핍과 야성, 야망이 결합할 수 있는 좋은 기회이기 때문이다. 그러나 그런 출발이 누구에게나 축복은 아니다. 승자에게만 축복이다. 패자에게는 오히려 긍휼(矜恤)이다. 결코 이길 수 없는 전쟁터다.

초라한 출발은 화려한 결과로 이어지는 과정, 그리고 최종적인 결승점엔 아직 도착하지 않았다. 최종 승리 또한 아직 결정짓지 않았다. 그에게 자신의 생애를 결정지을 전쟁터, 승리는 있는 것인가. 그런 의문을 갖는 까닭은 그에게 승리란 일상적인 일이기 때문이다.

성공하고 싶다면 성공한 사람 옆에 있으면 된다. 그것만으로 당신은 성공에 한발 다가서는 것이다. 그에게서 풍기는 아우라(다른 것들이 흉내 낼 수 없는 독특한 분위기)를 느끼는 것만으로도 당신은 성공에 가까이 있는 것이다. 이 글을 쓰는 이유도 여기에서 찾는다. 성공했다고 존경하는 게 아니다. 존경받아야 마땅한 사람이기에 소개한다.

양주 사리암에서

추천의 글

'송추가마골' 은 연세대학교 외식산업 고위자과정 동문들이 벤치마킹하는 아주 훌륭한 모델이었다. 맛은 물론이고 깨끗한 외관과 정성이 가득하고 친절한 종업원들의 태도 등에서 우리 동문들은 많은 감명을 받았다. 김오겸 회장의 리더십을 다시금 일깨워준 벤치마킹이었다.

— 곽동경 · 연세대학교 생활환경대학원장

사석에서 처음 만난 김오겸 회장은 말 그대로 호쾌한 남자였다. 솔직하고 인간적인 매력이 흠뻑 느껴지는 쾌남아였다. 그리고 재미있는 충청도 양반이었다. 독자들은 이 책에서 김 회장의 인간적인 족적과 아울러 성공의 절대원칙을 엿볼 수 있을 것이다. 외식인의 한 사람으로서 일독을 권한다.

— 김현수 · 《월간외식경영》 발행인

'송추가마골' 은 국내 최고의 식당이다. 그곳에 가면 고객은 왕이 된다. 대개가 말뿐에 그치나 '송추가마골' 의 서비스는 남다르고 진실해서 자연스럽다. '편안함' 이야말로 무슨 장사든 성공하는 비즈니스의 근원(根源)이다.

— 심상훈 · 작은가게창업연구소장

'송추가마골' 에는 남들이 감히 따라올 수 없는 탁월함이 있다. 그 탁월함의 정체에 대해 많은 사람들이 주시하고 있고, 따라하고 싶어한다. 이 책에는 '송추가마골' 을 이끌고 있는 김오겸 회장의 탁월한 리더십과 인간적인 매력이 담뿍 실려 있다.

— 박형희 · 《월간식당》 발행인

경제경영을 다루는 기자에게 그의 일거수일투족은 모두 기삿거리였다. 글로벌 경영지들이 말하는 직원감동, 고객만족경영을 그는 몸소 실천하고 있었다. '송추가마골' 은 마케팅의 진수가 펼쳐지는 첨단경영의 산실이다.

— 강혁 · 《이코노믹리뷰》 편집장

별관과 신관을 둘러보고 선녀교를 밟는 순간, '아!' 하고 소리쳤다. 나의 습관 중 하나가 돈 되는 장사 입지의 분석인데, 이건 뭐랄까 별관과 신관 사이의 개천을 잇는 다리를 놓은 순간, 한자(漢子)로 왕(王)이 되는 모양새를 갖췄다. 매장 안에서도 밖에서도 왕이 되는 형국의 지세를 따르니 천운(天運)이 '송추가마골' 과 함께 하는 것이 아니겠는가.

— 이효복 · WA-BAR (주)인토외식산업 대표이사

알고만 있는 것과 알고 있는 것을 실행에 옮기는 것은 하늘과 땅만큼이나 커다란 차이가 있다. 그러기에 실제로 행동하는 사람만이 성공을 하고, 줄지어 매달려 있는 성공의 달콤한 열매를 맛볼 수가 있다. 김오겸 회장은 '타고난 실행가' 다. 고객을 위한 일이 무엇인지를 알고, 이를 실제로 행동에 옮김으로써 자연스럽게 성공을 거둔 이 시대의 진정한 장사꾼인 것이다.

— 안승태 · 한국경제TV PD

나는 한때 삼국지를 끼고 살았다. 수많은 영웅들이 등장하지만 개인적으로 '유비' 를 좋아했던 이유는 사람 냄새가 났기 때문이다. 비록 김오겸 회장을 사회에서 만났지만 도원결의한 맏형님으로 피보다 진하게 내가 모시는 이유다.

— 김순걸 · '아소산' 대표

대한민국 최고의 식당을 조심스레 물으니 전문가들은 한결같이 '송추가마골' 이라고들 한다. 한정식을 하는 사람으로서 그런 타이틀이 부럽지 않을 수 없다. 맛, 서비스, 청결 등에서 탁월한 '송추가마골' 은 그런 타이틀을 받기에 전혀 손색이 없다.

— 이하연 · '이하연의 봉우리찬 · 김치' 대표

고깃집이 지천에 널렸지만 장사가 되는 곳은 몇 안 된다. 장사가 좀 된다는 곳 중에서도 '송추가마골'은 특별하다. 고객들은 고기 맛에 반하고 직원들의 서비스에 감동한다. 대한민국 갈빗집의 새로운 모델을 제시하고 있는 김오겸 회장의 장사 철학은 바로 고객만족에서 시작되고 끝난다. '송추가마골'이 불황에도 고객들의 발길이 끊이지 않는 비결이다.

— 성행경 · 《서울경제신문》 기자

차 례

3장 송추가마골의 성공요인

4장 김오겸의 리더십

5장 컬트 브랜드를 향하여

6장 송추시대 이후

1장

송추가마골로 몰려드는 사람들

웰컴 투 송추가마골

우연과 행운은 동전의 양면이다. 같은 속성을 지녔다.

그러나 우연과 행운을 대하는 태도에 따라 승자와 패자가 갈린다. 성공하는 기업과 실패하는 기업, 영속하는 기업과 단명하는 기업으로 나뉘어진다.

우연과 행운을 가르는 것은 통제의 차이다. 사건의 결과에 통제를 할 수 있다면 행운이고, 통제를 할 수 없다면 우연이다. 우연은 도박의 핵심이다. 우연에 지배되는 게임의 결과는 거의 통제가 불가능하다. 우리가 결과에 영향을 미칠 방법이 거의 없는 것이다.

행운은 필연의 영역이다. 우연을 가장한 필연이 행운의 성격이다. 행운은 통제가 가능하다. 행운은 스스로 만들어야 한다.

진인사대천명(盡人事待天命)은 행운을 말하는 것이며, 운이 다했다는 말은 우연을 뜻하는 것이다.

지난해 국산영화 〈웰컴 투 동막골〉이 개봉한 지 두 달이 채 되지 않아 관람객 8백만 명을 돌파했다. 국내에서 개봉된 영화 흥행기록상 손꼽히는 기록이다. 리얼리티를 고려하지 않은 동화(童話) 같은 영화 〈웰컴 투 동막골〉에 사람들이 열광하는 이유는 무엇일까.

각박한 현실을 살아가는 현대인들에게 동화가 펼치는 감동은 만만치 않다. 감동! 오랜만에 듣는 외침이다. 감동은 굳이 현실을 강조하지 않는다. 동화 속이면 어떠하고, 무협지 속이면 어떤가.

소설의 구성요소인 '그럴듯한 개연성'은 동화 속에서는 그다지 절실한 요소가 아니다. 감동을 주기 위해서는 그 무엇이라도 좋다.

송추가마골을 국내 최고의 식당으로 만든 김오겸 회장(55)의 스토리는 동화 그 자체다. 동화 중에서도 겨울동화다. 그의 스토리는 수묵화(水墨畵)처럼 담담하고 운치가 있다. 수묵화로 그린 겨울풍경은 고즈넉하다.

동화에는 우연적 요소가 많다. 그러나 성공한 비즈니스에는 우연이 없다. 우연을 가장한 필연, 우연으로 치장한 행운만 있다. 김 회장의 스토리는 행운의 연속이다. 위험에 처할 때마다 행운이 귀인처럼 나타나 그를 구해 준다. 그러나 과연 행운으로만 그의 성공을 얘기할 것인가. 그러기에는 그의 성공이 갖고 있는 의미가 조금은 퇴색될 듯하다.

사람들이 '웰컴 투 송추가마골'에 열광하는 이유(행운을 포함하여)를 찾아보자.

큰 바위 얼굴

충청남도 부여시 석성면 증산리 연화마을. 김오겸 회장이 태어난 곳이다. 연화마을은 그리 큰 마을은 아니다. 그리고 잘사는 마을도 아니다. 이런 곳에서 태어난 김 회장이 서울에서 아주 큰 식당을 운영하고 있다는 사실만으로도 그가 놀라움의 대상일 수는 있다. 그렇다 치더라도 가슴 깊은 곳에서 우러나오는 존경심의 대상은 아닐 것이다. 그러나 그가 고향 사람들에게서 받는 대우는 분명 존경심 그 이상이었다.

마을 사람들은 그를 매우 반가워했다. 만나는 사람마다 그에게 던지는 말이 예사롭지 않았다. 인사치레로 하는 말이 아니었다. 그를 바라보는 눈빛이 아주 따뜻했다. 손을 잡고 그가 한마디라도 더 해주기를 바라는 눈치가 역력했다. 그 또한 만나는 마을 사람들에게 미소를 짓고 응대했다.

국내의 유명한 사람들, 정치인, 기업인, 스포츠스타, 연예인들이 오더라도 이만큼 환대를 받기는 어려울 것이라는 생각이 들었다. 겉으로 반가워하는 것과 진심으로 반가워하는 것의 차이는 아주 크다.

연화마을을 방문한 지 얼마 되지 않아 김 회장 일행과 서울 강남의 유명한 한정식 집을 방문한 적이 있었다. 그곳에서 한 종업원이 유난히 우리 일행을 반갑게 맞이했다. 손님들이 많은데도, 할 일이 많은데도 불구하고, 우리 일행의 방을 들락거렸다. 반찬 한 가지, 시원한 물 한잔이라도 더 자주 갖다 놓으려는 마음 씀씀이가 돋보였다. 그 모양이 기특해 종업원에게 물어보았다.

종업원의 말을 빌리자면 몇 해 전에 송추가마골에서 일했단다. 당시 김 회장은 종업원들의 우상이었다. 종업원들에게 잘해 주는 것도 있지만, 행동거지 하나하나가 모범이었다. 많은 종업원들이 그를 믿고 따랐단다.

"그런데 수년 만에 뵙는 회장님의 건강이 안 좋아 보여요. 얼굴이 검어졌어요."

진심 어린 걱정을 늘어놓았다. 이 말을 듣고 필자는 상당히 놀라웠다.

'이직이 심하다는 외식업계, 자신들이 몸담았던 업소에서 하루아침에 등 돌리는 관행이 성행하는 상황에서, 수년 전의 종업원이 예전 사장의 건강을 걱정한다.'

걱정하는 말투에는 전혀 가식이 없었다. 그의 건강만을 염려하는 순수한 자세가 역력했다.

종업원의 걱정 어린 말을 들으면서 필자의 머리에는 엉뚱하게도 연화마을에서 만났던 사람들의 모습이 클로즈업됐다. 환한 미소로 그의 손을 부여잡은 마을 사람들. 문득 떠오르는 얼굴이 있었다. '큰 바위 얼굴' 이다. 사랑하며 사는 삶, 성공을 혼자만의 것으로 여기지 않는 태도, 주변과의 자연스런 조화, 온화한 리더십 등이 연이어 떠오르면서 필자의 머리에는 김오겸과 큰 바위 얼굴이 연달아 겹쳐졌다.

그는 '사랑할 시간도 없는데 어떻게 미움을…….' 이라는 좌우명으로 국내에서 최고의 식당으로 평가받는 송추가마골을 일으켰다. '비즈니스는 냉정해야만 성공한다.' 는 세속적인 명제에 강력한 일타를 날린 인물이다. 긴 시간을 두고 자신의 좌우명을 실천한 인물이기도 하다. 필자가 기억하는 큰 바위 얼굴의 삶도 매한가지다.

김오겸 회장과 큰 바위 얼굴의 유사성을 얘기하니 지인들의 대답은 한결같았다.

"그래, 딱 맞는 말이야."

『큰 바위 얼굴』은 미국의 나다니엘 호손이 만년에 쓴 단편소설이다. 바위에 새겨진 얼굴을 통해 여러 가지 인간상을 보여 주면서 이상적인 인간상을 추구한 작품이다.

'미국 어느 마을에 아주 인자하고 부드러운 사람의 얼굴이 새겨진 큰 바위산이 있었다. 마을 사람들은 늘 그 큰 바위 얼굴을 닮은 사람이 나타나기를 기다렸다.

남북전쟁 직후 어니스트란 소년은 어머니로부터 큰 바위 얼굴을 닮은 아이가 태어나 훌륭한 인물이 될 것이라는 전설을 듣게 된다.

어니스트는 커서 그런 사람을 만나 보았으면 하는 기대를 가지게 된다. 자신도 어떻게 살아야 큰 바위 얼굴처럼 될 수 있을까 생각하면서 진실하고 겸손하게 살아간다.

세월이 흐르는 동안 돈 많은 부자, 싸움 잘하는 장군, 말을 잘하는 정치인, 글을 잘 쓰는 시인들을 만났으나 큰 바위 얼굴처럼 훌륭한 삶으로는 보이지 않았다. 그러던 어느 날 어니스트의 설교를 듣던 시인이 어니스트가 바로 큰 바위 얼굴이라고 소리친다.'

송추가마골 사장이 되고 싶어요

아이들을 보면 으레 물어보는 말이 있다. 장래희망이다. 필자가 어렸을 적에도 어른들은 만나기만 하면 "커서 뭐가 될 것이냐?" 고 물어봤다. 아이들은 매번 고민했다. 대통령, 대장, 왕자, 과학자 등 다양한 생각으로 골몰한 적이 한두 번이 아니었다. 매번 장래희망이 바뀌었다. 그날의 생각에 따라 대답이 다른 것이다. 아폴로 11호가 달에 착륙했을 때부터는 한동안 우주선장으로 고정된 적이 있었다.

장래희망을 생각하는 것만으로도 우리는 즐거웠다. 우리들의 희망은 가당치 않은 것이 대부분이었지만 곧 그렇게 될 수 있을 것만 같았다. 어른들도 아이들의 장래희망을 물어보면서 즐거워하는 것은 마찬가지였다. 장래희망은 어쩌면 당시 즐거운 놀이였다. 특히 물질적으로 어려운 시기에 장래희망은 정말 밝은 희망이었다. 희망을 크게 품을수록, 현실과는 거리가 멀수록 우리의 가슴을 부풀어 오르게 하는 묘약이었다.

장래희망은 묘약이면서 동시에 사회의 바로미터다. 사회가 무엇을 원하는지, 어떤 것을 중요하게 생각하는지 말해 주는 것이 바로 아이들의 장래희망이다.

"커서 뭐가 되고 싶니?"

"송추가마골 사장이요."

꼬마의 거침없는 말에 일행은 박장대소하며 웃었다. 얼마 전 김 회장이 친구들과 고깃집을 찾았을 때의 일이다. 똘똘하게 생긴 주인집 아이에게 김 회장의 친구가 재미 삼아 장래희망을 물어본 모양이다. 아이는 초등학교 4학년에 다니고 있었다. 그러니까 아주 물정을 모르는 아이는 아닌 셈이다.

다시 물어보았다.

"왜 되고 싶은데?"

"식당이 멋있잖아요. 돈도 많이 벌고……. 어른들은 송추가마골 얘기를 많이 해요. 아빠도 송추가마골 사장이 되라고 했어요."

김 회장은 아이의 말을 듣고 처음에는 즐겁게 웃었지만 한편으로는 부담이 갔다. 자신을 바라보는 사람들이 얼마나 많은지 몸가짐을 바로 해야겠다는 생각이 들었다. 아이가 송추가마골을 스스럼없이 얘기할 정도면 그를 둘러싼 어른들은 얼마나 많은 얘기를 했겠는가.

"송추가마골이 거듭나야 할 이유를 찾았지요. 아이의 희망에 찬물을 끼얹는 송추가마골은 절대로 되지 말아야겠지요."

이 짤막한 일화는 송추가마골의 위상을 잘 말해 주고 있다. 아이들에게 송추가마골 사장은 예전 세대의 대통령, 왕비, 왕자와 맞먹는 가치를 지니고 있다. 비록 의정부 내의 지역사회지만 지역 내 일부 아이들에게 송추가마골은 왕궁, 백악관, 청와대 이상이다. 아이들은 어릴 때부터 송추가마골에서 희망을 품고, 송추가마골의 희망을 먹고 자란다. 필자가 송추가마골에 주목하는 것도 바로 이 때문이다. 이 이야기를 듣고 그 희망의 메시지를 전달해야겠다는 생각이 앞섰다.

비수기는 없어도 성수기는 있다

국내에서 단일식당으로는 가장 크다는 송추가마골은 휴일이면 하루 내내 손님 대기가 걸린다. 3백여 대를 소화시킬 수 있다는 주차시설도 종일 만차가 될 때도 있다. 이런 날 직원들은 식사를 하기가 정말 힘들다. 또한 한꺼번에 손님들이 밀려들면 직원들의 식사는 거의 불가능하다고 봐야 한다.

따라서 휴일이면 송추가마골에 배달되는 물건이 있다. 주문을 하지 않아도 휴일 아침이면 어김없이 배달된다. 그것은 빵 뭉치와 우유다. 무려 3백여 개씩 된다.

이 빵과 우유는 직원들 간식거리다. 밀려드는 손님들로 직원들은 점심식사를 제대로 할 수가 없다. 직원들은 점심을 보통 3시 이후나 돼야 먹을 수가 있다. 그것도 대기 손님이 많으면 건너뛰어야 한다. 저녁시간에도 식사를 거를 때가 있다.

이때는 의정부 시내 김밥 집으로 연락 3백여 개의 김밥을 주문한다. 점심, 저녁을 연거푸 빵으로 때울 수는 없기 때문이다.

휴일 3백여 개의 빵 뭉치 주문은 상당한 양이라 하지 않을 수 없다. 상황이 이렇다 보니 웃지 않을 수 없는 일이 벌어졌다. 두어 군데 빵집에서 로비를 한 것이다. 가격도 2백~3백 원 정도 낮춘 가격에 자신들의 빵을 구매해 달라고 요청한 것이다. 물론 그는 직원들의 의견을 듣고 이 요청을 거절했다. 직원들이 기존에 거래하는 빵집을 선호했기 때문이다.

필자는 식당에 납품하기 위해 빵집이 로비를 한다는 것은 처음 들었다.

거래하는 김밥집도 두세 군데 있다. 재료가 모자라 한꺼번에 대량 주문을 소화시키지 못하는 경우를 대비해서다. 그의 휴대전화에도 김밥집 번호가 저장되어 있다.

한달에도 수차례 김밥 주문이 들어간다. 그렇다면 한달에 최소한 수차례는 직원들이 하루 종일 밥을 먹기가 어려울 정도로 고객들이 몰린다는 것이다. 이러한 현상은 특히 여름과 겨울 주말에 벌어진다. 방학을 틈타 가족 단위의 손님들이 몰리는 여름과 겨울 주말에는 송추가마골은 당연히 비상이 걸린다. 이때는 주말이 아닌 평일에도 손님들이 몰려들어 대기를 하는 경우가 종종 있다.

봄과 가을에도 주말에는 어김없이 고객들로 넘친다. 다만 이때는 가정의 달인 5월을 제외하고 평일 대기는 그리 많지 않다. 굳이 고객이 없는 시기를 꼽으라면 추석 이후 김장철까지다. 외식업소뿐만 아니라 백화점 등도 이때는 매출이 뚝 떨어질 때다. 그러나 송추가마골에는 이때도 물론 주말 대기는 여전하다.

송추가마골은 주말에는 예약을 받지 못한다. 단체고객의 숫자가 아무리 많아도 예약을 받지 않는다. 주말에 한 번 와 보면 알겠지만 받을 수가 없다. 그러한 사실을 알고서도 단체예약을 하는 사람들이 더러 있다. 대규모이니 받아 주리라 생각한 것이다. '백 명 정도 갈 테니 자리를 달라.' 고 하지만 송추가마골의 대답은 한결같다.

국내 외식업소에서 백 명의 단체예약을 자발적으로 거부하는 곳은 송추가마골뿐일 것이다.

송추가마골이 국내에서 가장 많은 와인을 소비한 적이 있었다. 식사하는 고객에게 무료로 와인 한 잔을 서비스할 때였다. 와인 회사들의 치열한 로비전이 벌어진 것은 당연한 일이다. 송추가마골에 얼마나 많은 손님들이 몰리는가를 단적으로 증명해 주는 사례다.

'비수기는 없어도 성수기는 있다.'

김 회장의 말이다. 얼마나 자신만만한 말인가. 그리고 얼마나 부러운 말인가.

여름과 겨울, 그리고 봄철 일부는 성수기이며, 가을과 봄 일부는 비수기가 아닌 셈이다.

마찬가지로 주말은 성수기고, 평일은 비수기가 아니다.

가르시아에게 보내는 편지

최고라는 말을 잘 믿지 않는다. 최고, 최초란 말을 곧이곧대로 믿고 지면에 썼다가 '아차' 한 경우가 여러 번 있었다.

국내 최고의 식당이라는 송추가마골. '인사치레겠지.' 그날도 필자는 이런 생각을 하고 송추로 향했다.

지난해 여름 어느 토요일 오후, 무더운 날이었다. 의정부에서 송추로 접어드는 국도에 들어서자 행락 차량들이 길을 막고 섰다. 그렇지 않아도 무더위로 짜증이 나 있었는데 거북이걸음을 하게 되다니. 부지불식간에 한마디 던졌다.

"이렇게 무더운 날 놀러가는 짓은 자살행위일 거야."

자살행위라. 스스로 말해 놓고는 피식 웃었다. 필자도 자살행위 같은 미친 짓을 하고 있으니 말이다.

예정보다 30분 늦게 도착한 송추가마골에는 사람들로 북적거렸다. 의외로 많은 손님들을 힐끗 살펴보고는 김 회장을 찾아 3층 사무실로 올라갔다. '점심시간이니 북적거리겠지.' 하는 생각이 얼핏 들었다. 여기까지는 별다른 감흥을 받은 것은 아니었다.

그와 인터뷰를 마치고 나온 시각은 오후 3시경. 1층 대기실로 내려왔는데도 사람들이 삼삼오오 앉아 있었다.

"계속 손님들이 몰려드는데…… 아까는 사람들이 줄을 서서 기다렸어."

일행 중 한 사람이 말했다. 순간 머리가 띵했다. '무더위', '오후 3시', '줄을 선다', '만만치 않은 가격대' 등 여러 그림이 한꺼번에 오버랩 돼 필자의 머리를 어지럽혔다. 특히 지속적인 불황으로 유명 식당들의 매출이 좀처럼 회복되지 않고 있다는 얘기를 바로 얼마 전에 들은 적이 있어 더욱 충격이 컸다.

국내 최고라는 평가를 받고 있는 송추가마골의 신화는 결코 허명이 아님을 그 자리에서 인정하지 않을 수 없었다. 주변 사람들은 송추가마골이 외식업체의 모범이며, 송추가마골을 좇아가는 업소들이 많다고 했다. 그러나 사실 필자는 이러한 말을 곧이곧대로 믿지 않았다.

이날도 필자는 어떤 점에서 최고인지를 묻지 않고 송추가마골을 찾은 것이다. 그러기에 더욱 충격이 크지 않을 수 없었다.

이런 신화를 만든 김 회장에 대한 묘한 호기심이 이는 것은 당연한 일. 아까 그와 인터뷰한 내용을 천천히 음미하면서 송추가마골을 나섰다. 모자를 쓴 주차안내원이 싱글거리며 다가왔다. 길 안내를 부탁했다. 크게 손짓을 하며 열심히 설명하는 모습에서 송추가마골의 명성을 재삼 확인하지 않을 수 없었다.

갑자기 머릿속에 떠오르는 인물이 있었다. 19세기 말 미국과 스페인 전쟁을 종식시키는 데 결정적인 역할을 한 로완 중위다.

전쟁 막바지 궁지에 몰리던 미국은 쿠바 반군의 협력이 필요했다. 반군의 지도자 가르시아 장군에 대한 정보는 아무것도 없었고, 아무도 그를 몰랐다. 하지만 미국 대통령은 가르시아 장군에게 협력을 요청하는 편지를 보내야만 했다. 그 일을 누가 할 것인가. 그때 누군가가 말했다.

"각하, 가르시아 장군에게 편지를 전할 수 있는 사람은 로완 중위뿐입니다."

임무를 받은 로완은 작은 배에 몸을 싣고 3일 만에 쿠바에 상륙했으며, 3주일 후 가르시아 장군에게 편지를 전달하고 무사히 귀국했다.

여기서 중요한 것은 로완 중위가 어떻게 해서 가르시아를 만났는가가 아니다. 대통령이 편지를 건넸을 때 로완 중위는 묵묵히 편지를 받았을 뿐 "그가 어디에 있습니까?"라고 묻지 않았다. 편지를 밀봉한 후 곧바로 쿠바로 향했다.

김오겸 회장에게서 로완 중위를 연상한 것은 그의 뛰어난 행동력 때문이다. 혼자서 도전할 줄 알고, 자신의 생각을 곧바로 행동으로 옮기는 실천력 때문이다.

열 평의 식당에서 출발, 국내 최고의 식당으로 탈바꿈시킨 김 회장이나 혈혈단신 적진을 뚫고 들어가 무사히 임무를 마친 로완 중위에게는 어떤 공통점이 있는가. 둘 다 아무런 불평, 아무런 정보도 없이 위대한 업적을 쌓았다는 것 또한 닮은꼴이다.

개가 누워 있는 자리

잘 정돈된 묘가 십여 개 이곳저곳에 놓여 있었다. 묘지는 한가롭게 늦가을의 햇볕을 만끽하고 있었다. 묘지 앞으로는 넓은 평야가 펼쳐져 있었다.

선산은 조그만 야산이다. 산이랄 것도 없다. 언덕과 마찬가지다. 조그만 언덕은 마을에 붙어 있어 다른 지역과의 경계선 역할을 하고 있다.

지명을 물어보았다. '개배재' 란다. 개가 누워 있는 언덕이라는 말이다. 자세히 살펴보니 커다란 개의 머리는 동쪽에 있고, 남쪽을 바라보며 누워 있는 모습이었다. 하얀 암캐가 새끼를 밴 모습으로 보이기도 했다. 하얀색이라는 생각은 잘 정돈된 잔디 때문일 것이다. 잔디인데 왜 하얀색일까. 필자의 눈에는 하얀색과 누르스름한 색이 겹쳐 보였다.

'한가로운 시골 마당에 누워 있는 어미 개, 한낮의 태양이 비추고 마을은 고요하다.' 언뜻 평화로운 그림이 스쳐 지나간다.

개는 상신(商神)을 뜻한다. 상업의 신이라는 얘기다. 장사는 개처럼 해야 한다는 말이 있다. 개의 모습을 지닌 선산, 그중에서도 새끼를 밴 어미 개의 지형은 더욱 복된 자리라 하지 않을 수 없다. 방향 중 남쪽은 재물을 뜻한다. 새끼를 밴 개의 배가 남쪽을 향했다는 말은 재물을 토해 낸다고 해석하는 것이 맞을 것이다.

김 회장의 고향인 부여의 연화마을. 논산과 부여의 경계선상에 있다. 조그만 야산으로 둘러싸인 마을에는 백여 가구가 오밀조밀하게 모여 산다. 행정구역상 부여지만 생활권역은 논산에 속한다. 물론 김 회장도 논산에서 고등학교를 다녔다.

이곳을 처음 찾은 외지인이라면 유난히 눈에 띄는 곳이 있을 것이다. 필자도 마찬가지였다. 바로 마을 언저리에 놓여 있는 조그만 언덕, 바로 개배재다. 개배재에서 남쪽으로 넓은 평야가 펼쳐져 있다. 마을에 들어서기 전까지는 일상 보아 오던 평야라는 생각이 들었건만 이곳에서 바라보는 평야는 고요하기 그지없다. 풍요를 간직한 평야다.

'이런 생각이 드는 까닭은 개배재란 이름에서 갖는 선입견 때문일까.' 자문해 본다. 이때 한줄기 바람이 불어와 얼굴을 살짝 스쳐 지나갔다. 여하튼 아름다운 가을, 넉넉한 풍경이라는 생각에는 변함이 없다.

그의 성공 비밀을 혹 이 대목에서 풀 수는 없을까. 상상의 날개가 활짝 펼쳐진다. 개배재와 김 회장의 관계를 풀 수 있는 역량은 아쉽게도 필자에게 없다. 다만 들은 풍월대로 개와 남쪽 그리고 재물의 상관관계를 얘기할 따름이다.

사업의 영역에 지적인 사람(?)들로부터 비과학적이라고 평가받고 있는 풍수지리설을 대입시키는 필자의 소갈머리에 실소를 할 사람도 있을 것이다. 그러나 실소가 진실을 말해 주는 것도, 증명해 주는 것도 아니다. 인간들이 알 수 없는 영역은 한이 없다. 한계가 있는 존재가 무엇을 갖고 무한계의 세계를 재단하는지 필자는 오히려 의아스럽다.

여하튼 김 회장의 성공비결을 개배재로부터 풀고 싶다는 생각이 든 것은 의도한 바가 아니다. 개배재에서 남쪽으로 펼쳐진 평야를 바라보면서 들었던 강한 느낌에서 비롯됐다.

놀라운 얘기를 들었다. 국내 프랜차이즈 업계의 대명사로 손꼽히고 있는 '놀부'의 공동 창업주 중 한 사람인 김순진 회장의 출생지도 이곳이었다. 놀부는 부대찌개, 항아리갈비 등 여러 브랜드를 갖고 있는 국내 굴지의 한식 프랜차이즈 업체다. 김순진 회장의 연배도 김 회장과 비슷하다. 국내 최고의 식당과 국내 최고의 외식 프랜차이즈 창업주가 한마을에서 태어났다는 것은 흥미로운 사실이었다. 시도 군도 읍 · 면도 아닌 조그만 마을에서 '국내 최고'의 칭호를 받는 두 사람이 어린 시절을 보냈다는 사실에 필자뿐만 아니라 주위 사람들도 매우 놀라워했다.

송추가마골은 철저한 학습조직이다

학습조직의 우월성에 대해서는 피터 드러커를 비롯 세계 유수의 여러 경제 경영 석학들이 주장한 바 있어 그 장점을 굳이 논할 필요는 없다고 본다. 학습조직을 말할 때 꼭 체크해야 할 것은 조직원에 대한 교육이다.

송추가마골에서는 한달에 서너 차례, 많게는 예닐곱 차례 직원들에 대한 교육이 이뤄진다. 교육은 대상자를 구분하여 실시한다. 일년 미만 차 직원, 주임급 중간관리자, 중간관리자 이상, 영업점 점장급 이상 관리자 등으로 나눠 실시한다. 교육에는 자체 교육도 있지만 해외연수, 외부 연수기관에 의뢰하는 것 등 다양한 프로그램이 마련돼 있다. 해외연수는 해외의 식품전시회에 참관하는 것이다.

교육은 연간 단위로 설정된다. 매년 연말에 차기 연도 연간 교육일정표가 제시되면서 시작된다. 그러나 꼭 그대로 진행되는 것은 아니다. 수시로 좋은 교육일정이 추가되기 때문이다. 따라서 직전 월말에 제시되는 교육일정표가 정확한 교육일정이라고 보면 된다. 2006년도 교육일정을 보면 한달에 세 차례 정도씩 교육일정이 잡혀 있다. 이 역시 진행과정에서 그 이상의 교육과정이 잡히게 마련이다. 송추가마골의 교육에 대한 지속적인 관심을 엿볼 수 있는 한 단면이다.

무작위로 지난 2005년도 9월의 교육내용을 살펴보자. 총 다섯 차례의 교육이 있었다. ① 전 점포 관리자를 대상으로 한 벤치마킹, ② 워크숍, ③ 전 직원을 대상으로 한 상사 초빙교육, ④ 영업부 전 직원을 대상으로 한 서비스 실무교육, ⑤ 조리부 전 직원을 대상으로 한 위생 안전 교육 등이 있었다. 교육은 대부분 이틀에 걸쳐 실시됐다.

2장
송추가마골의 탄생

마포갈비 — 돈 냄새 풀풀 나는 곳을 찾아라

서울에 올라온 지 벌써 한달이 다 되어 간다. 그동안 가 보지 않은 곳이 없다. 서울 골목 곳곳을 헤매며 돌아다녔다. 그가 식당자리를 찾아 돌아다닌 것은 한달이 훨씬 넘는다. 서울에 올라오기 이전에도 두어 달 동안 대전, 안양, 부천, 인천 등지를 샅샅이 훑고 다녔다. 저녁이 되면 온몸은 파김치가 됐다. 패잔병 몰골이다. 이날도 마찬가지였다.

숙소로 돌아가는 길. '언제까지 찾아다녀야 하나…….' 시내버스 창가에 앉아 나지막하게 중얼거렸다. 성수역 부근을 지나는 버스 창밖으로 무심코 눈을 돌렸다. 순간 그의 눈이 빛났다. 수많은 퇴근길 인파가 눈에 띄었다.

"사람들이 콩나물시루 속에 촘촘히 박혀 있는 콩나물로 보였습니다. 돈 냄새 풀풀 풍기는 그런 곳이었습니다."

돈 냄새 풀풀 풍기는 곳이라니, '웅암갈비' 얘기를 안 할 수가 없다.

새벽에 얻은 영감, 갈빗집을 차리자

사우디아라비아에서 돌아온 것은 지난 1980년. 6백만 원이라는 거금(?)을 손에 쥐었다. 일년여 동안 건설현장에서 번 돈이었다. 그러나 그 돈으로 할 수 있는 사업 아이템은 거의 없었다. 딱히 무엇을 할 것인가 정한 것도 없었다.

'돈을 벌어야 한다. 월급쟁이는 하지 않을 것이다. 사업을 해야 한다.' 이런 전제하에서 그는 고민을 거듭했다. 돈이 부족한 게 모든 고민의 출발이었다. 돈에 알맞은 사업을 하자는 생각밖에 없었다. 그러던 어느 날 새벽, 그는 자리에서 벌떡 일어났다. 섬광처럼 스친 생각 때문이었다.

"샐러리맨 시절 하루가 멀다 하고 퇴근길에 들르던 갈빗집이 떠오르더군요."

날이 새자마자 '응암갈비'로 달려갔다. 그러나 '응암갈비' 주인은 고개를 설레설레 흔들었다. 포기할 그가 아니었다. 레시피를 알려 줄 때까지 식당에서 한발짝도 나서지 않겠다고 고집을 피웠다.

지금에야 갈빗집이 흔하지만 당시만 해도 보기 힘들었다. 양념갈비 레시피를 제대로 알고 있는 사람 또한 그리 많지 않았다.

식당에 주저앉아 매달리는 그를 보고 주인 내외는 3일 만에 마음을 바꿨다. 서울에서는 식당을 열지 않는 조건으로 레시피를 공개했다.

그는 고향 근처인 대전으로 내려갔다. 그러나 아무리 기를 써도 마음에 딱 맞는 가게는 구해지지 않았다. 그놈의 돈 때문이었다.

두어 달 동안 돌아다니던 그는 '응암갈비'에 연락해 저간의 사정을 호소했다. 대뜸 전화선을 타고 충격 같은 한마디가 흘러나왔다.

"돈 냄새가 풀풀 나는 자리를 찾아라."

선문답(禪問答). 그는 이 격언을 가슴에 안고 응암동과 가까운 곳만 빼고 서울 시내를 한달 넘게 샅샅이 뒤졌다.

갈색의 시대, 성수동 '마포갈비'

서울 성수동은 대표적인 공장지대로 공장과 주택이 혼재된 곳이다. 상가가 별로 없다. 특히 예전에는 고단한 일과를 마친 노동자들이 한잔 술에 스트레스를 보낼 수 있는 아기자기한 술집도 부족했다. 바로 이곳이었다.

"한달여 동안 성수동을 거쳐 숙소로 돌아가곤 했지요. 이전에는 이곳을 지날 때 아무런 감흥도 없었어요. 그런데 그날따라 돈 냄새가 나는 거예요. 그것도 아주 강렬하게."

무엇인가 갈구하는 사람에게는 어떤 식으로든 그 대상이 모습을 드러내게 된다. 그 모습을 찾고 못 찾고는 그 사람의 갈구 농도에 따라 결정된다.

갈빗집을 선정하는 과정도, 식당자리로 성수동을 결정하는 과정도 따지고 보면 절박한 심정에서 나온 것이다. 절박한 심정은 집중으로 이어진다. 집중에서 아이디어는 떠오르게 마련이다.

그날 성수역 인근에 일본식 전병(센베이) 과자를 파는 열 평 규모의 가게가 매물로 나와 있었다. 보증금 3백만 원에 권리금 30만 원,

월세도 30만 원으로 그가 갖고 있는 돈에 딱 어울리는 곳이었다. 즉시 계약했다. 주변 상황을 살피고 말고 할 겨를도 없었다. 개업 준비를 하면서 안 일이지만 바로 앞에는 백여 평 규모의 갈빗집이 성황을 이루며 장사 중이었다.

성수동 시절은 갈색의 시대다. 실내도 갈색 톤으로 처리했다. 갈색의 계절은 낙엽이 길거리에 뒹구는 가을이다. 갈색은 또한 노동의 상징이다. 가난을 뜻하기도 한다. 땅의 상징이며, 출산을 의미한다. 갈색의 시대를 그는 초라하게 열었다. 초라한 출발은 더 이상 잃을 게 없다는 의미다. 비록 시작은 미미할지라도 그는 화려한 비상의 날갯짓을 할 날을 꿈꾸었다.

그러나 막상 개업 날이 다가오자 돈이 절대 부족했다. 인테리어와 시설비로 다 빠져나간 것이다. 먼 친척에게 염치도 좋게 10만 원을 빌렸다. 그 돈으로 고기 30근을 사고, 소주 한 짝을 들여놨다. 가게 명은 '마포갈비'로 정했다.

80년 10월 초 오후. 문을 열자마자 들어오는 손님으로 여섯 개의 테이블이 꽉 찼다. 조짐이 좋았다.

다음날, 전날 매출로 60근의 고기와 소주 두 짝을 샀다. 그날도 만원 사례였다. 밀려드는 손님으로 하루가 어떻게 가는지 몰랐다. 숨 돌릴 틈 없는 나날들이었다. 그렇게 그곳에서 일년을 보냈다.

"당시 제가 전문가였다면 가게를 얻을 시도조차 하지 않았겠죠. 대형 식당이 바로 앞에 있는데 그곳에 규모가 십 분의 일도 안 되는, 더구나 같은 메뉴를 다루는 식당을 내려는 발상 자체를 무모하다고 판단했을 것입니다."

무모하다고 했다. 무모한 결정을 이끌어 내는 힘과 그 결정을 성공으로 바꾸는 힘에 대해서는 얘기하지 않았다. 무모함은 우연의 영역, 그러나 그런 우연을 행운으로 바꾸는 힘이 김 회장에게 있었다. 송추가마골 동화는 여기에서 본격화된다. 동화에서는 무모함도 다이내믹한 추진력의 배경이 된다.

급한 성격이 차린 '우이동갈비'

특히 겨울, 해가 서쪽으로 넘어가기도 전에 주변은 짙은 어둠으로 물든다. 눈이 쌓였다 하면 인적이 끊기기가 예사다. 발자국이 도통 보이지 않는다.

가로등도 변변치 않은 곳, 이런 외진 곳까지 와서 데이트하는 사람을 만나는 것은 사건일 수밖에 없다. 더욱이 가족 외식장소로는 생각조차 할 수 없는 곳이었다. 이런 곳에서 식당을 기대하다니.

"주말 등산객 외에는 볼 것이 없어."

주변 사람들이 잔뜩 겁을 주었다.

지금에야 제법 흥청거리지만 83년의 서울 우이동 계곡은 적막한 산중이나 마찬가지였다. 이곳에 그는 떡 하니 백 평 규모의 '우이동갈비'를 개업했다.

사건은 우이동 계곡으로 놀러오라는 친지의 전화를 받은 데서부터 비롯됐다. 난생처음으로 우이동 계곡에 들어선 순간 눈에 띄는 새 건물이 있었다.

"'이거다.' 하는 느낌이 오더라고요. 바로 주인을 찾아 계약부터 했지요."

돈 냄새를 맡은 것까지는 좋았다. 그러나 대책이 없었다. 이번에도 개업까지는 돈이 상당히 부족했다.

일을 저질러 놓고 보는 것은 그의 특징. 일을 재는 것은 그의 성격에 맞지 않다. 급한 것이 경솔하다고 여겨질 수 있지만 사실 승자들은 하나같이 성질이 급한 사람들이었다.

승자들은 신속한 일처리로 명성을 얻는다. 업무에 절박감을 고취시키고, 기회가 생길 때마다 재빨리 움직인다. 비즈니스는 시간을 사는 것이다. 한달이면 할 수 있는 일을 1, 2년 걸려서 하고 있다면 승자의 대열에서 탈락하고 말 것이다. 한때 GE의 수장이었던 잭 웰치는 자신을 성공으로 이끈 것은 바로 '급한 성격'이었다고 술회한 바 있다.

화이트 시대, 우이동에서 브낸 10년

1983년 5월 가까스로 식당을 오픈했다. 우이동 시절은 화이트 시대다. 화이트는 미완성의 상징. 완성을 향해 발돋움하는 시절이기도 했다.

이제 밀려드는 손님만 받으면 된다고 생각했다. 그러나 상황은 정반대로 흘러갔다. 손님을 한 명도 구경하지 못한 날도 있었다. 한두 달이 지나면서 무언가 잘못 되고 있다는 것을 느꼈다.

"손님이 없으니 매출이 없고, 매출이 없으니 돈이 있을 턱이 있나요. 야채 등 물품 대금을 받으러 오면 돌아 버리겠더라고요. 더구나 빚을 내 차린 식당인데. 날마다 가슴이 타 들어갔지요."

어떤 타개책도 갖고 있지 않았다. 그저 멍하니 손을 놓고 개선되기를 바랄 뿐이었다. 마치 사형수가 형 집행을 기다리는 심정이었다.

사형수라니. 그러나 운명은 그런 그를 내버려 두지 않았다. 동화 같은 일이 벌어졌다.

"하루는 성수동 수원갈비 사장이 놀러왔지요. 텅 빈 가게를 보더니 대뜸 한다는 소리가 '너는 여기서 죽으면 안 된다. 내가 사람을 보낼 테니 그를 한번 만나 봐라.' 하시더군요."

한때 고객을 두고 경쟁을 벌였던 업소의 사장이 그에게 구원의 손을 내민 것이다. 뜻밖의 일이었다.

주방경력이 화려한 조상희 씨. 조 씨는 시비(?)부터 걸었다.

"사장님 방식과 제 방식 중 하나를 택하시지요."

그가 한 양념갈비를 먹어 보았다. 달짝지근하면서 톡 쏘는 맛이 일품이었다. 조 씨는 또한 반찬을 기가 막히게 잘 만들었다. 손님들의 음식 칭찬이 잦아졌다. 처음에는 주말에만 등산객들로 들끓더니 평일에도 심심치 않게 손님들이 몰려들었다.

그는 조 씨를 통해 음식 만드는 법, 손님 유치하는 법 등을 다각도로 배웠다. 소중한 만남이었다.

개업 6개월이 지나자 이제 '우이동갈비'는 이 일대의 유명 음식점으로 탈바꿈했다. 예약이 없으면 주말에 자리를 얻지 못할 정도로 유명세를 탔다.

그 또한 잘 된다고 가만히 앉아 있지만은 않았다. 우이동뿐만 아니라 인접지역인 수유리, 상계동, 창동, 쌍문동, 방학동 일대를 훑고 다녔다. '우이동갈비' 홍보를 톡톡히 했다.

우이동에서만 10년을 보냈다. 화이트 시대를 마감할 시간이 다 됐다. 봄이 다가왔음을 직감했다.

송추가마골에 둥지를 틀다

1990년대 들어 우이동 계곡은 각광받기 시작했다. 하루가 다르게 거주단지와 상업시설이 들어섰다. 그에 맞춰 식당들도 들어섰다. 밤이 돼도 예전처럼 어둡지 않았다. 흥청거릴 정도는 아니지만 사람들이 모여들었다.

덩달아 식당업도 날로 흥행이었다. 그러나 문제가 생겼다. 주차단속이 심해진 것이다. 우이동갈비의 문제점은 주차할 수 있는 공간이 적은 것.

"날마다 주차단속과의 전쟁이었어요. 그래서 식당일이 되겠어요?"

이를 묵묵히 지켜보던 김 회장은 이전을 결심했다. 곧바로 경기 의정부시 인근의 송추 유원지에 식당 건물을 짓기 시작했다.

급한 성격이 여기서도 문제를 일으켰다. 건축비가 모자란 것이다. 1억 5천만 원을 빌릴 수밖에 없었다.

1994년 봄, 우여곡절 끝에 333평 부지에 지하 1층, 지상 2층 규모의 식당을 열었다. '녹색의 시대' 가 열린 것이다. 식당 이름은 '송추가마골' . 역시 지역명을 활용한 이름이다.

"이곳이 숯가마터였답니다."

지역명을 선호하는 이유는 무엇일까. 처음 시작할 때 '응암갈비'의 영향을 받은 것도 있겠지만 이는 아마도 그의 타고난 성품 때문일 것이다. 친근한 정취를 사랑하고 지역 주민들과 스스럼없이 어울려 따뜻한 이웃이 되고 싶다는 잠재의식의 발로가 아닐까 짐작해 본다.

주민과의 동화는 쉬운 게 아니다. 타지인에 대한 배척을 물리쳐야 하고, 토박이들보다 더욱 많은 지역봉사를 해야만 인정받는 법이다.

"동화 정도가 아니라 이곳의 유지가 됐습니다. 우이동 시절이나 성수동 시절도 마찬가지고요."

그에게는 가식이 없다. 필자도 첫 번째 만남에서부터 솔직하다는 인상을 받았다. 친근감 있는 동네 아저씨 같은 첫인상이다. 필자는 이러한 인간미에서 '송추가마골' 을 일으킨 동력을 찾고 있다. 각박한 세상에서 정(情) 있는 사람이 승리하는 것은 신나는 일이다.

시행착오의 연속

'송추가마골' 의 시작은 험난했다. 상권이 형성되지 않았기 때문이었다. 교통도 불편한 곳에 사람들이 오리라고 기대하는 것은 난망이었다. 메뉴를 한정식으로 선정한 것부터가 문제였다. 이같은 메뉴 컨셉 설정은 한정식이 새 건물에 어울릴 것 같다는 비마케팅적인 발상에서 나온 것이다. 흐름을 잘못 잡아도 한참 잘못 잡았다.

시간이 지날수록 초조해지지 않을 수 없었다. 아니나 다를까 시간이 지나면서 돈을 빌려 준 사람의 불손한 의도가 눈에 띄게 드러났다. 평생 걸려 만든 식당을 뺏기는 것은 가당치 않았다. 그러나 달리 방법이 없었다.

"친구에게 혹 내가 잘못 되면 가족들을 챙겨 달라는 부탁을 했지요. 그만큼 심각했습니다."

동화의 구성상 귀인(貴人)이 나타날 시기가 됐다. 역시나 친지 소개로 은행권 사람으로부터 연락이 왔다. 건물을 뺏기는 최악의 결과에서 벗어난 그는 반격의 드라마를 준비했다.

반격의 시발점은 아이템이었다. 소고기 등심, 장어 등 여러 아이템이 시험대에 올랐다. 최종 결정한 것은 당시 포천지역에서 뜨고 있는 이동갈비. '송추가마골' 동화를 만들어 낸 아이템이다.

이동갈비의 선정에도 행운이 따랐다.

"하루는 고기업자가 찾아와 포천지역에서 이동갈비가 뜨고 있다며 넌지시 알려 줬지요. 서울 사람들이 이동갈비를 먹으러 포천으로 밀려든다나요."

포천으로 달려갔다. 식당마다 사람들로 들끓는 것을 눈여겨보았다. 달착지근한 갈비 맛에 사람들의 호응도가 높은 것을 파악했다. 두고 볼 일이 아니었다. 다시 그 급한 성격이 발동했다.

"포천 이외의 지역에서 이동갈비를 최초로 취급한 것으로 알고 있습니다."

포천 이동갈비를 그대로 도입한 것은 아니었다. 차별화를 시도했다. 포천 이동갈비의 고기는 다소 질겼다. 개선해야 할 문제점으로 파악했다. 고기 앞뒤로 다이아몬드 형식의 칼집을 냈다. 품이 많이 든다는 단점은 있었다. 그러나 고기가 훨씬 부드러워졌다.

양념갈비 맛에도 신경을 곤두세웠다. 시류에 맞게 알싸한 맛을 좀 더 가미했다. 고기도 큼직한 것으로 내놓았다.

포천 이동갈비와는 안과 밖이 다른 이동갈비가 탄생한 것이다. 소위 '김오겸식 이동갈비'다.

당시 서울에서 붐이 일고 있던 함흥냉면도 동시에 취급했다. 쫄깃한 면발에 담백한 육수의 냉면은 이동갈비와 궁합이 잘 맞아떨어졌다. 모든 준비는 끝났다. 축제가 될 것인가 아니면 파장이 될 것인가. 그는 조바심을 내며 손님들을 기다렸다.

동화(童話)는 극점으로 달려

태풍이 불기 전 파도가 높게 치던가. 《일간스포츠》, 《동아일보》, 《스포츠서울》 등 중앙일간지에 잇따라 맛집으로 소개가 됐다. 고객들이 몰려들었다. 그의 사업 역정으로 볼 때 계절로는 봄이 왔다. 봄은 축제의 계절이다. 꽃샘추위가 사납다고 해도 견딜 만하다.

국제통화기금(IMF)도 송추가마골을 빗겨 갔다.

"IMF 서슬이 퍼럴 때인 1999년 1월 1일 신관 1, 2층 160평을 증축, 오픈했습니다. 남들의 우려에도 불구하고 첫날부터 사람들이 밀고 들어오더군요."

남들이 움츠릴 때 그는 특유의 직감력으로 공격적인 경영을 펼쳤다. 남들이 주저앉았을 때 그는 더 많은 손님들을 유치하는 전략을 세웠다. 남들이 의기소침할 때 그는 더욱 기운을 내 식당을 넓혀 나갔다.

'무모함의 극치인가. 아니면 절묘한 경영의 만개(滿開)인가?'

이는 독자들이 판단할 문제인 것 같다.

결정력은 성공하는 사람의 주요한 자질이다. 인생에서 위대한 도약은 당신이 어떤 분명한 결정을 한 뒤에 온다. 어느 분야에서든 지도자가 되려면 빠르고 단호한 결단을 내릴 수 있어야 한다.

공격적인 성향은 김치공장 건립에서도 그대로 나타났다. 2000년 들어 손님들이 대폭 늘었다. 김치의 양과 질을 동시에 만족시키기 위해서는 직접 김치공장을 운영해야만 했다. 공장 운영의 타당성을 수용한 그날로 공사 지시를 내렸다. 설계, 허가, 공사업체 선정 그리고 공사시공 등이 일주일 새에 이뤄졌다.

위의 사례에서 보듯 그는 항상 경영의 속도를 강조한다. 경쟁자보다 빠르게 가치를 창출하고 보급하려는 노력만이 승리할 수 있다고 주장한다.

오늘날 널리 쓰이는 경영 개념들 대부분은 속도와 관련되어 있다. 외부결제시스템, 화상회의, 리엔지니어링, 구조조정, 조직개편 등은 모두가 속도경영의 일환이다.

송추골에서 거듭나다

2004년 5월은 특별한 달이다. 그의 역작인 '송추가마골' 신관을 건립, 오픈했다. 천백 평 대지에 8백 평 규모로 건립된 이 식당은 깔끔한 인테리어와 최신식 설비를 자랑한다. 단일 식당으로는 국내 최대 규모로 알려졌다.

송추가마골 신관은 총 4층 건물이다. 1층은 웨이팅 고객만을 위한 휴식공간과 주방시설로 나뉘어져 있다. 웨이팅 공간에는 액세서리, 그림 등을 전시, 판매하고 있다. 브랜드 커피와 수제 아이스크림 등도 취급하는 등 웨이팅 공간에서 대기하는 손님들이 전혀 지루하지 않게 만든 것이 돋보인다. 특히 여름철에는 수제 아이스크림의 인기가 대단하다. 하루에 수백 개씩 팔리는 것은 예삿일이다.

2층은 식당만을 위한 공간이다. 홀 316석, 룸 13실에 150석 등 112개 테이블에 총 466석을 갖추고 있다. 보조주방도 2층에 자리 잡고 있다.

3층은 직원 전용공간이다. 직원휴게실, 식당, 사무실과 전용교육장을 갖추고 있다. 70명을 수용할 수 있는 교육장에서는 하루가 멀다 하고 각종 교육이 이루어진다. 4층은 거주공간이다.

이곳의 시설은 일반 음식점에서 볼 수 있는 게 아니다. 한마디로 대단하다. 그중에서 하나를 꼽으라면 잔반냉장고다.

필자는 이곳에서 잔반냉장고를 처음 봤다. 하루 200~250킬로그램 정도 발생하는 음식찌꺼기 처리를 위해 수천만 원을 들여 잔반냉장고를 마련했다. 잔반은 건물 밖에서 수거토록 설계돼 있다. 음식쓰레기가 잠시라도 주방을 거치는 것을 미연에 방지하기 위한 설계다. 단 일분이라도 냄새가 나는 것을 원하지 않는 김 회장의 의지가 담긴 시설이다. 잔반냉장고는 특급호텔에서도 쉽게 볼 수 있는 것이 아니다.

정수시설도 남다르다. 정수장을 따로 마련했다. 수도꼭지를 틀면 정수된 물이 나온다. 한 번에 밀려드는 손님들에게 신속하게 깨끗하고 시원한 물을 서비스하기 위해서다. 일반 방수기로서는 많은 숫자의 손님들에게 물을 제때 제공하는 것이 거의 불가능하다는 게 이곳 직원들의 설명이다.

이러한 최신식 시설은 국내 음식점 경영자들의 견학코스로 자리매김하는 데 주요한 역할을 했다.

송추가마골의 두드러진 특징 중 하나는 직원들이 자신의 일과 조직에 자부심을 갖고 있다는 것이다. 이는 곧바로 낮은 이직률로 나타나고 있다.

세계적인 커피 체인인 스타벅스에게 가장 중요한 성장기였던 1990년대 중후반, 이 회사는 전 세계 패스트푸드 업계에선 가장 이직률이 낮은 회사였다. 직원들이 스타벅스에서 일한다는 자부심이 대단할 때였다. 송추가마골과 스타벅스는 이외에도 닮은꼴이 여럿 있다.

지역민과의 융합

마포갈비, 우이동갈비, 송추가마골이 만들어지기까지는 몇 가지 공통점이 있다. 먼저 눈에 띄는 것이 지역명을 쓴 식당 이름이다. 성동구 마포갈비만 그 지역명을 쓰지 않았지만 나머지 둘은 식당이 들어선 지역의 이름을 그대로 활용했다. 마포갈비는 당시 인기를 끌던 마포 주물럭 아이템을 활용한 것이다. 그러나 이 역시 지역명으로 식당 이름을 지은 거나 마찬가지다. 갈빗집을 하기 위해 전수받은 식당 이름도 응암갈비다. 뭔가 이유가 있을 것 같았다.

김 회장은 "지역 토속신이 도와준다고 합니다." 하면서 웃었지만 사실 그 이면에는 전략이 숨어 있다. 그것은 지역사회와의 융합을 고려한 전략이다.

"지역 텃세의 유세가 보통이 아닙니다. 마포갈비 시절에 이를 확인했지요. 마포갈비는 별다른 생각 없이 유행하던 아이템을 모방한 이름이지만 우이동갈비, 송추가마골은 이를 염두에 두고 지은 이름이지요."

송추 시대 이후, 다컬러 시대

김 회장은 경기 양주시 덕정리에 대형 식당을 오픈했다. 천 평 대지에 2백 평 규모의 대형 식당이다. 덕정리에서는 송추와는 다른 아이템으로 승부를 건다. 주력 아이템은 돼지갈비다. 흔한 메뉴지만 송추가마골이 하는 것이니 고객들의 반응이 무척 기대된다. 결코 송추가마골의 명성을 헛되게 하지 않을 것이다. 덕정리 식당은 김오겸 회장의 아들 김재민 사장이 주축이 되어 움직이고 있다. 김 사장은 지난 2004년부터 송추가마골 사장으로 일하고 있다.

덕정리 시대는 무슨 색깔을 띨까. 다(多)컬러 시대, 즉 파스텔 톤이 아닐까. 갈색, 화이트, 녹색의 시대를 거쳐 이제는 화려한 비상을 할 시기라는 점에서 그렇게 생각해 본다. 시기적으로 김 회장의 사업이 여름으로 치닫고 있는 것도 추론의 이유다.

김 회장은 이에 앞서 지난 2001년 9월 의정부시 시청 인근에 건평 5백 평 규모의 식당을 개업했다. 따라서 송추, 의정부시, 양주시 덕정리 등에 네 개의 식당이 직영체제로 운영된다.

강원도 춘천, 서울 신촌, 인천 검단 등지에 있는 송추가마골은 김 회장의 손에서 벗어나 있다. 가맹사업을 생각했지만 관리상의 문제를 들어 포기했다.

김 회장은 서울 시내에 송추가마골을 오픈하지 않는 것으로 많은 말들을 양산해 냈다. 돈과 명성을 얻게 되면 기어코 서울로 들어오려는 데 반해 그는 자꾸 서울 변두리를 돌고 있는 것이다. 이에 대해 그가 주장하는 것은 음식문화 컨셉이다.

"음식은 편안하게 먹고 즐겨야 합니다. 주차문제로 짜증이 나고, 장소 또한 비좁은 곳에서 음식을 팔 생각이 없습니다. 서울에서는 제 생각을 받쳐 줄 넓은 공간을 찾을 수가 없습니다."

김오겸 회장은 더욱 큰 꿈이 있다. 개인으로서 팔도 음식 타운을 만들 생각이다. 전국의 유명한 음식을 한자리에 모으는 것이다. 규모는 일반인들이 생각하는 상상 이상이다. 김오겸 회장이 한다고 하니 기대가 모아진다.

송추가마골의 유래

가마골 가막동(加莫洞)이라는 땅 이름은 19세기 초반의 문헌에서 처음 확인된다. 『청구도』(1834)는 이곳을 가막동이라 소개했다. 이는 가마골 즉, 오늘날의 부곡리를 가리키는 땅 이름으로 추정된다.

부곡리라는 땅 이름의 유래에 대해서는 그릇을 굽는 가마가 있던 곳이라 하여 붙여진 이름이라고 한다. 부곡(釜谷) 역시 가마부(釜) 자와 골짜기 곡(谷) 자로 구성되어 있고, 부곡리에서 사기장골이라는 마을 이름이 등장하는 것으로 보아 이러한 설을 뒷받침해 주고 있다.

『한국지명요람』(1994)에서는 조선 중기부터 이 마을에 도자기 가마가 있었다고 소개했다. 도봉산의 계곡에서 이곳에 이르기까지 고려 말기의 청자와 조선 전기, 중기 분청사기의 파편이 산재해 있다고 하면서, 이곳이 도자기 원료 채취의 유리한 조건을 갖추고 있다는 설명이다. 현재 부곡도방(陶房)을 비롯하여 두 개의 도자기 공장이 운영 중이다.

생산 공정 교육

송추가마골은 생산부 직원이 아니더라도 갈비의 생산 공정에 대해 교육받는다. 주 아이템인 갈비의 생산 공정을 알면 직원들이 좀 더 회사에 대해 이해를 하고, 보다 나은 대고객 서비스를 꾀할 수 있다는 판단에서다.

가마골에서 생산 판매하는 갈비는 모두 7종류. 가마골 갈비, 왕갈비, 갈비, 죽염갈비 등의 규격과 중량 등에 대해서 자세히 나와 있다. 각 갈비의 성형과정도 소개된다. 이를테면 소갈비 작업은 ① 냉동갈비, ② 해동, ③ 지방 및 근막 제거, ④ 재단, ⑤ 포 뜨기 및 칼집 넣기, ⑥ 용기에 담기, ⑦ 양념 혼합, ⑧ 포장, ⑨ 숙성실 입고, ⑩ 24시간 숙성, ⑪ 출고 등의 과정으로 이를 순서에 따라 시청각 교육을 시킨다.

각 갈비의 양념 및 숙성에 대해서도 따로 배운다. 인기메뉴인 왕갈비의 경우 간장, 물, 설탕, 마늘, 배즙, 후추, 조미료 등의 부재료가 들어가며, −2~5도 숙성실에 24시간 숙성 후 출고한다는 구체적인 숙성 방법도 알려 준다.

보관방법과 판매 전 개봉했을 때 주의사항도 빠짐없이 알아야 할 사항이다. 특히 부득이하게 많이 개봉했을 경우 포개서 쌓지 말고 가로세로로 쌓아 놓을 것 등 경험에서 얻은 산지식을 제공하는 데 주력한다. 재고를 남기지 않는데 최대한 주의를 기울이라는 요구사항은 반드시 교육의 말미를 장식한다. 재고는 고기의 품질을 저하시키는 가장 큰 장애물이기 때문이다.

3장
송추가마골의 성공요인

셰익스피어 연극 같은 식당

"송추가마골만큼만 하라."

양주 시장이 공무원들에게 수시로 하는 말이다. 아침 조회시간이든 사석이든 간에 송추가마골의 경영과 서비스를 닮으라고 주문한다. 송추가마골 운영전략은 지방자치단체에서도 벤치마킹의 대상이 되고 있다.

송추가마골에는 많은 사람들이 찾아온다. 순수하게 음식을 맛보려는 사람뿐만이 아니다. 음식점을 경영하는 사람이나 관계자들, 식당을 운영할 사람, 심지어 다른 업종에 종사하는 사람들도 벤치마킹하려고 찾아온다. 특히 제법 규모 있는 전국의 식당 주인들 중 송추가마골을 모르는 사람은 없을 것이다. 얼마 전에는 국내 할인점의 정점에 서 있는 이마트 직원들이 송추가마골을 찾아와 주변 사람들의 이목을 끌었다. 서비스 등 운영사례를 직접 경험하기 위해서다. 이곳의 경영전략과 서비스, 시설은 업종을 불문하고 비즈니스의 귀감이 되고 있다.

송추가마골은 한마디로 셰익스피어 연극 같은 음식점이다. 오페라 전문가들은 셰익스피어를 이해하고 나면 다른 연극들이 한층 쉽게 다가온다고 말한다. 셰익스피어 연극에는 그만큼 시공간을 초월하는 삶의 보편적 진리가 담겨 있다는 뜻이다.

베르디는 셰익스피어의 4대 비극 중 하나인 『오셀로』를 오페라로 만들었다. 〈오셀로〉는 걸작이라는 것이 어떤 것이고, 감동이라는 것이 무엇인지를 보여 준 오페라로 초연이 끝난 뒤 베르디가 묵고 있는 호텔에까지 청중들이 밀려와 밤늦게까지 그를 발코니로 불러내어 박수갈채를 보냈다는 일화가 있다. 감동 그 자체인 〈오셀로〉는 수많은 음악인들이 닮고 싶어하는 오페라의 최고봉이다.

송추가마골은 식당의 정수를 보여 주고 있고, 모든 외식 경영인들이 닮고 싶어한다는 점에서 외식산업의 '오셀로'다. 고객들에게 끊임없이 감동을 주고, 한 번 찾아온 고객을 영원한 고객으로 만드는 방식을 배우고 싶은 것이다.

송추가마골에는 외식 경영, 그리고 성공과 관련된 모든 것이 담겨 있다. 서비스, 맛, 메뉴개발, 청결, 교육, 물류시스템, 시설, 직원들의 정신자세 등 식당 경영과 관련된 송추가마골을 제대로 이해하고 나면 외식 경영에서 승자로 나서는 것이 그리 어렵지만은 않을 것이다.

사람들은 외식업을 쉽게 생각하고 뛰어든다. 외식업은 맛만 가지고 되는 것이 아니다. 일부의 생각처럼 서비스업도 아니다. 외식업은 단순한 소매업이나 서비스업이 아니다. 1차 산업에서 생산된 농

수축산물을 원재료로 제조 · 가공하는 2차 산업, 상품화 프로세스를 거쳐 최종고객에게 직접 대면, 서비스하는 3차 산업 영역까지 망라하는 복합 산업이다. 따라서 각 산업 영역을 넘나드는 다각적이고 순발력 있는 경영이 필요하다. 맛과 서비스, 청결은 물론, 공격적인 마케팅을 구사할 수 있는 능력이 필요하다. 협력업체와의 관계, 지역사회와의 관계 정립도 중요하다.

송추가마골은 여기에 브랜드가 무엇인지를 말해 주고 있다. 송추가마골을 이해하면 외식산업으로 성공에 도달할 수 있는 모든 길을 파헤칠 수 있다는 것은 다소 부담스런 단언일까.

작은 노력의 법칙

송추가마골에는 특이한 시설이 하나 있다. 물을 공급하는 곳이다. 식당 한구석에 두 평 남짓한 공간에 급수대가 있다. 종업원들은 그곳에서 수돗물을 틀고 물을 받아 곧바로 손님들에게 제공한다. 이것만 보면 수돗물을 제공한다고 오해받을 수가 있다. 그러나 이 물은 정수된 물이다. 정수시설을 통해 나오는 물이다. 급수대를 만든 데는 김 회장의 서비스철학이 담겨 있다.

송추가마골 서비스의 핵심은 신속한 데 있다. 좌석에 앉자마자 종업원이 메뉴판과 물병을 들고 나타난다. 아무리 많은 손님들이 몰려와도 서비스의 신속함에는 변함이 없다. 고객들이나 벤치마킹을 하러 온 업소 사장들도 이 점은 그냥 무심코 지나친다. 물을 제공하는 것이 무슨 대수일까 생각해서다. 그러나 이 점을 찬찬히 들여다보면 송추가마골이 왜 성공했는지 그 단초를 발견할 수가 있다.

하루 2천 명 이상의 고객을 상대해야 하는 송추가마골 신관은 특히 휴일은 바쁘기 그지없다. 종업원들은 식사를 할 시간이 부족해 빵, 김밥 등으로 때우기 일쑤다. 이런 날 손님들이 몰리는 시간이면 정신이 없다.

송추가마골도 처음에는 정수기를 통해 물을 제공했다. 그러나 손님들이 몰리면서 정수기에 불이 났다. 휴일에는 종업원들이 정수기 앞에서 기다리는 진풍경이 벌어졌다. 당연히 손님들에게 즉각적인 서비스를 할 수가 없게 됐다. 신속한 서비스를 모토로 하는 김 회장으로서는 이 점이 매우 안타까웠다.

국내 최초로 식당에서 급수대를 만든 것은 이 때문이다. 이후 수도꼭지에서 콸콸 나오는 정수된 물을 공급하면서 물 때문에 신속한 서비스가 미뤄지는 일은 없어졌다.

"서비스는 사소한 것이 모여 이뤄집니다. 물 한 잔 제공하는 것에도 정성을 쏟아야지요. 정성 못지않게 속도도 서비스의 중요한 포인트입니다."

송추가마골에 가면 제일 먼저 만나는 사람이 모자를 쓴 주차관리원이다. 고객들은 주차관리원을 보면서 두 가지 생각이 들 것이다. 대부분 나이가 많다는 것과 자신의 일을 부지런히 찾아서 한다는 생각이 그것이다.

송추가마골 1층에서 사람을 기다릴 때였다. 평일 오후 늦은 시각이라 조금은 한가한 시간이었다. 출렁다리를 구경하다가 우연히 주차관리원이 눈에 띄었다. 자연히 필자의 시선도 그를 좇기 시작했다. 차를 안내하고 난 주차관리원이 주변을 돌면서 무엇인가 줍기 시작했다. 바람에 날린 낙엽이었다. 낙엽을 줍는 와중에서도 차가

오면 달려가 안내를 했다.

필자가 그 모습을 보고 송추가마골의 경쟁력은 주차장에서 시작된다며 같이 간 동료에게 말한 적이 있었다. 사소한 것이지만 자기의 할 일을 다하는 직원을 보며 감탄해서 한 말이다. 어디에서 이같은 주차관리원의 자세를 볼 수 있단 말인가. 물론 이런 주차관리원의 자세를 만들기까지 끊임없는 교육이 따랐을 것이다. 한두 번의 교육이 아니라 체계적인 교육관리를 했을 것으로 본다.

이에 대해 김 회장에게 물어본 적이 있었다. 직원들을 사소한 일에 매달리게 하지 않느냐는 물음에 그는 철학적으로 대답했다.

"작은 일들이 모여 대단한 모습을 만들어 냅니다. 사소한 것을 신중하게 처리해야 합니다."

급수대, 주차관리원의 사례는 보는 시각에 따라 아주 사소한 것일 수도 있을 것이다. 그러나 송추가마골은 이런 사소한 노력이 모여 이뤄진 것이다. 필자는 이를 '작은 노력의 법칙'이라고 부른다. 이는 '작은 변화가 시간이 흐르면 큰 차이를 만든다.'는 의미와 일맥상통한다.

최고 관리자들이 조금만 더 잘 하거나, 조금만 더 좋은 훈련방법을 마련하거나, 조금만 더 좋은 정책을 입안하거나, 조금만 더 현명한 판단을 내리면 놀라운 결과가 나오기 때문이다.

송추가마골이 고객, 업소, 직원들에게 갈망의 대상이 된 것은 작은 노력의 법칙이 주요한 역할을 했다고 확신한다. 작은 노력의 법칙은 송추가마골의 DNA다.

'세세한 일에 관심을 기울이라는 말은 저희 교육교본에는 없습니다. 바로 저희의 DNA입니다.' ANA 항공사의 슬로건과 마찬가지로 작은 노력의 법칙은 송추가마골의 DNA다.

작은 노력의 법칙의 핵심요소는 자기비판의 태도와 개선하려는 열정적인 욕구다. 리더와 종업원들의 태도와 방식을 바꾸려는 열망을 읽지 않고는 이 법칙을 이해할 수는 없을 것이다.

작은 개선들이라도 많이 축적되면 품질과 가격면에서 큰 경쟁력을 확보할 수가 있다. 또한 여러 가지 면에서 조금씩 수많은 개선을 하게 되면 경쟁자가 이를 모방하기가 더 어렵다는 좋은 점도 있다. 획기적인 기술이나 지식의 개발에도 힘써야겠지만 모든 면에서 조그만 개선을 위해 꾸준히 노력하는 것이 무엇보다 중요하다.

교육은 철저히 행동과 연결돼 있다

송추가마골 신관 3층에는 교육장이 있다. 70여 명이 들어갈 수 있는 장소인데 비집고 들어가면 백여 명도 가능하다. 다양한 교재, 시청각 시설, 강사휴게실 등을 갖추고 있는 식당업소 중 국내 최고의 시설이다. 교육에 얼마나 신경을 쓰는가를 단적으로 보여 주는 시설이라 하지 않을 수 없다. 송추가마골의 오늘이 있기까지 교육이 한몫 단단히 거들었다.

송추가마골을 설명하라 할 때 이구동성으로 꼽는 것이 종업원들의 태도이다. 미소만 해도 그렇다. 마음에서 우러나오지 않고서는 그런 미소를 지을 수 없다. 자연스런 미소로 응대하는 모습은 웬만한 서비스업체는 저리 가라 할 정도다. 실제로 서비스 종사자들이 여기에 와서 서비스 사례를 벤치마킹해 가곤 한다.

교육은 종업원들의 그 자연스런 미소의 원천이다. 송추가마골의 시작은 교육에서 비롯된다.

안내 카운터, 영업부, 조리부, 관리부 등 팀별로 하루에 오전, 오후 두 차례 교육을 실시한다. 매일 일과시간에는 서비스 교육뿐만 아니라 전날 각 매장에서 일어난 고객 불만사항을 전달하고 그것을 어떻게 처리했는지를 알려 준다. 한 번 실수는 할 수 있어도 같은 실수는 미연에 방지하기 위한 배려가 남다르다.

점장들 교육, 간부 교육도 정기적으로 실시한다. 김 회장도 한달에 한두 번 정기적인 간부 교육에 참석한다. 교육장소는 사내로 한정하지 않는다. 이를테면 소방교육은 소방서에서 받는다. 한달에 한 번 정도는 벤치마킹을 위해 타 업소를 방문한다. 외부행사에는 회장도 참석한다.

송추가마골의 서비스가 최고라는 평가는 이러한 철저한 교육에서 나온다. 필자는 송추가마골에 여러 번 다녀왔다. 그때마다 종업원을 부르기 위해 벨을 눌러 본 적이 없다. 필요할 때 종업원이 먼저 왔기 때문이다.

이곳에서 서비스는 명사가 아니라 동사다. 종업원들의 세심한 행동은 송추가마골의 힘찬 미래를 보여 주고 있었다.

송추가마골의 교육은 철저히 행동과 연결돼 있다. 그날그날의 교육은 바로 종업원들의 행동으로 이어진다. 미진하다고 여겨지면 다음날 같은 교육이 이뤄진다. 교육, 행동, 정진, 또다시 교육, 행동, 정진의 사이클이 365일 내내 가동되는 시스템을 구축하고 있는 것이다. 이를 통해 종업원들은 단기간에 자신의 임무를 명확히 알고 많은 지식을 익힐 수 있다. 이런 과정은 고되지만 강점 개발의 핵심이 된다. 송추가마골만의 탁월한 정신을 만들어 내는 데 요긴한 과정이다.

최고의 교육은 행동이 뒤따르는 교육 또는 행동, 교육, 행동이 연이어 이어지는 교육시스템이다. 송추가마골은 교육을 통한 행동 구현에 시스템을 맞추고 있다. 송추가마골의 지속적인 교육시스템은 어떤 문제의 근본적인 원인을 찾아내고 즉각적으로 재발을 방지하는 데 초점을 맞춘다. 그들이 아침에 전날 고객 불만사항을 수집하고, 다음날 아침 이를 처리하는 교육을 하는 것도 바로 이 때문이다.

"전날 음식에 이물질이 나왔으면 이를 수거, 샘플로 만들어 각 지점에 보냅니다. 물론 이를 어떻게 처리했는지도 설명하지요."

문제를 숨기는 데 항상 문제가 많다는 것을 우리는 경험으로 알고 있다. 그렇다면 모든 것을 드러낸다면 문제가 없는 것이다라고 말할 수 있지 않은가. 어떤 문제도 숨겨지지 않도록, 눈으로 보는 관리 기법을 활용하는 게 송추가마골 교육 시스템의 핵심이다.

송추가마골은 교육을 중시한다. 교육 중시는 단순히 말이나 구호에 그치지 않는다. 송추가마골에서는 상식에 관한 교육이 집요할 정도로 이루어진다. 그래서 기본자세를 갖추지 못한 직원에게는 일을 시키지도 않는다. 손님들 앞에 나서지도 못하게 한다. 아무리 전문적인 기술을 가지고 있다 해도 기본자세와 상식을 갖추지 못하면 한 사람의 직업인으로서 인정해 주지 않는다.

참고로 이곳에서는 입사하고 일정기간이 지나지 않으면 손님들의 주문을 직접 받지 못한다. 사수를 따라 주문하는 법을 배우는데 사람에 따라서는 보름 이상 걸리기도 한다. 이와 같은 한 가지 사례만 봐도 타 업소와의 차이점을 분명히 알 수 있다.

사랑이 엮고는 출렁다리를 아시나요

송추에 있는 송추가마골은 두 개의 식당 건물로 이뤄져 있다. 도로변에 있는 식당이 1993년에 문을 연 본관이고, 뒷건물이 2004년에 개업한 신관이다. 본관과 신관 사이에는 냇물이 흐른다. 폭은 40여 미터 정도 된다. 예전에 이 냇물은 큰 하천이었다고 한다. 개발과정에서 물이 줄어들고 폭도 좁혀졌다. 냇물의 이름은 곡릉천이다.

2005년 초 김 회장은 송추가마골의 신관과 본관 사이를 잇는 다리를 완성했다. 미국의 금문교를 흉내 낸 모습으로 손님들의 눈길을 끌고 있다. 다리 이름은 '선녀교'라 명명했지만 사람들은 출렁거린다 해서 '출렁다리'라고도 부른다. 출렁다리를 만들 때 주변에서는 만류를 했다. 오가는 도로도 충분한데 굳이 비용을 들여 다리를 만드느냐는 힐책이었다. 신관을 짓고 자금이 부족할 때였다. 그러나 김 회장은 예정에 있는 수순이라며 이를 밀어붙였다.

결론적으로 그의 생각이 옳았다. 송추가마골을 기억하는 사람들은 한결같이 출렁다리를 얘기한다. 그만큼 상징성이 높은 건축물이다. 부부, 연인뿐만 아니라 가족들끼리 와도 이곳에서 사진을 찍는 경우가 많다. 출렁다리를 배경으로, 또는 출렁다리 한가운데 서서 사진 찍는 것을 좋아한다. 특히 아이들은 출렁다리에서 뛰어놀기를 좋아한다.

가끔 출렁다리에 사람들이 몰려드는 경우가 있다. 그때 내려다보면 어림잡아 수백 마리의 물고기 떼가 몰려들어 있다. 하루에 한두 차례 먹이를 줄 때면 물고기들이 모여든다. 물고기의 종류도 한두 가지가 아니다. 피라미부터 메기, 잉어까지 다양하다. 이들은 주로 출렁다리 밑을 근거지로 삼아 송추가마골 반경을 벗어나지 않는다.

송추가마골 영역을 조금 벗어난 곳에는 물 흐름을 순조롭게 하기 위한 인공 콘크리트물이 있다. 물살이 급할 때 이곳을 넘어가면 거슬러 올라오기 힘든 구조물로 보인다. 비가 많이 와 물고기들이 사라졌을 것이라고 생각하고 출렁다리를 찾아 보면 어김없이 물고기들이 꼬리를 치고 몰려든다. 신기한 일이 아닐 수 없다.

출렁다리는 고객들 사이에 좋은 평가를 받는다. 그중 하나가 두 손을 잡고 출렁다리를 건너면 사랑이 이뤄진다는 속설이다. 그런 말을 들은 연인들은 꼭 출렁다리를 건너 본다. 밑져야 본전이 아닌가. 속설이 지어낸 말인지, 아니면 전설로 굳어질 것인지는 좀 더 두고 볼 일이지만 연인과 함께 송추가마골을 가게 되면 꼭 출렁다리를 걸어 보기를 권한다.

최근 출렁다리 양쪽에서 물 위로 빛을 비추는 조명시설을 갖추었다. 청계천 조명이 각광받는 것을 보고 아이디어를 낸 것이다.

"하천 양쪽 위에서 흐르는 물에 빛을 비추는 시설입니다. 특히 아이들과 연인들이 환성을 지르더군요."

수억 원의 작업비가 요구된 이 조명시설이 완공되면서 또 하나의 볼거리가 생긴 셈이다. 특히 어둠이 깔리는 저녁 이후에는 이곳을 찾는 연인들이 부쩍 많아질 것이다. 빛과 물, 그리고 사랑의 삼중주가 일으키는 하모니가 어떤 파장을 일으킬지 벌써 궁금해진다.

꽃과 그림 그리고 액세서리

마케팅에서는 적어도 '진리가 아닌 인식'의 시대다. 이것을 실무적으로 가장 먼저 포착한 사람이 데이비드 오길비다. 바로 뒤를 이어 알리스와 잭 트라우트가 포지셔닝을 외치면서 인식의 시대를 활짝 열었다. 인식의 시대는 논리가 핵심이 아니다. 바로 감성이 중요한 역할을 한다. 송추가마골은 감성 마케팅으로 그 독특한 지위를 자랑하고 있다.

송추가마골 신관 1층 대기실에 처음 들어선 사람이라면 혹시 잘못 들어왔는지 의구심을 품게 마련이다. 삼면이 화백들의 그림들로 꽉꽉 채워져 있기 때문이다. 비록 김수근 씨 등 유명 화백들은 아니지만 꽤 알려진 화가들이라는 게 식당 측의 설명이다. 조그만 그림부터 수십 호에 이르는 대형 그림들이 1층의 컨셉을 만들고 있다. 물론 이 그림들은 팔기 위해 전시된 것이다. 전시를 위한 전시가 결코 아니다.

한쪽 귀퉁이에는 수공예 액세서리 판매코너가 있어 고객들로부터 인기를 모으고 있다. 예술적 감각이 있는 이들 액세서리는 모양도 예쁘고 그다지 비싼 가격이 아니어서 쏠쏠치 않게 판매된다. 또 한쪽 구석에는 수제 아이스크림과 브랜드 커피 판매대가 있다.

2층 식사자리가 날 때까지 대기하다가 그림을 구경하면서 한잔의 브랜드 커피를 마시는 즐거움도 만만치 않을 것이다. 식당에 온 것이 아니라 갤러리에 온 것 같다는 평을 하는 손님들이 많다. 그렇다. 송추가마골은 그냥 식당이 아니다. 갤러리 식당이다.

2층 식당에는 에스컬레이터를 타고 가면 된다. 고급 호텔에도 식당전용 에스컬레이터 시설은 없다. 그러고 보니 국내 식당에 에스컬레이터가 있는 식당은 송추가마골뿐이다.

"송추가마골에 식사를 하러 오시는 손님은 저에게 소중한 고객 이상입니다. 예전에는 귀한 분이 오시면 동구 밖까지 마중을 나갔지 않았습니까. 에스컬레이터는 동구 밖까지 손님을 모시지 못하는 마음을 대변한 것입니다."

에스컬레이터를 타고 2층으로 올라가면 자신이 소중하게 다뤄지고 있다는 느낌을 받을 수 있을 것이다. 감동은 여기서 끝나지 않는다. 손님들은 에스컬레이터를 타고 2층으로 올라가면서 색다른 감정을 느낄 것이다. 올라가는 곳곳에 쭉 놓여진 꽃 때문이다. 형형색색의 꽃이다. 2층에 도착해서는 난간에 늘어선 꽃을 보게 된다. 꽃전시는 3층 계단을 타고 올라간다.

물론 모두 판매하는 꽃이다. 제철에 맞는 꽃들이다.

지난가을 이곳을 방문한 필자는 처음으로 가을꽃이 이렇게 다양한지를 처음 알았다. 꽃은 김 회장의 부인인 이정해 실장이 담당하고 있다. 직접 시장에서 꽃을 수시로 구입해 전시, 판매하고 있다. 송추가마골 내부가 화사한 이유는 단연 꽃 때문이다.

지난여름, 무더위가 극성을 부릴 때는 대형 얼음조각을 들어오는 입구에 설치, 고객들의 시선을 끌었다. 아이들뿐만 아니라 짓궂은 어른들은 얼음조각을 만지며 놀았다. 무더위도 식히고 얼음조각도 감상하는 마케팅을 구사한 것이다.

이곳을 처음 찾은 손님들은 그림에서 감동을 받고, 꽃에서 감성의 자극을 받는다. 일시적이지만 얼음조각에서도 송추가마골의 감성을 만끽한다. 감성 마케팅의 극점을 보는 것 같다. 송추가마골은 감성 마케팅을 오래전부터 구사해 오고 있다.

귀한 사람이고 우아한 대접을 받는다는 느낌. 이는 감성 마케팅이자 체험 마케팅의 핵심이다. '송추가마골에 가면 우리는 모두 우아한 사람이 된다.'

그가 의도하는 바가 바로 이것이다.

감성 마케팅, 감성 디자인은 바로 영화관과 같은 역할을 한다. 이것은 주변 환경, 상품을 에로틱한 사건으로 표현한다. 고객은 그 속에서 로맨스의 주인공이 되는 것이다. 꽃, 그림, 액세서리, 출렁다리, 에스컬레이터 등에서 보듯 송추가마골의 감성 마케팅의 초점은 시각을 통한 필(Feel)이다. 고객의 시선을 끌거나 인정받고 싶을 때 잘된 디자인만큼 멋진 커뮤니케이션 수단은 없다.

그동안 일부 식당에서 보여 준 감성 마케팅과는 차원이 다른 것이다. 그들의 마케팅은 장식하기, 환경미화 등 이것저것 혼합하는 것 따위로 이목을 끄는 데서만 성패를 따졌지 개념이 없는 것들이었다. 체험 마케팅에서 성공은 운에 달린 일이었고 체험 마케팅 매니저들조차도 자주 자신들이 무엇을 하는지도 몰랐다.

그러나 송추가마골은 다르다. "감성 디자인의 역할은 실제 생활에서 잃어버려서 방황하는 감정들을 농축하는 것"이라는 바켄로더의 말을 충실히 따르는 곳이 바로 송추가마골이다.

인간의 커뮤니케이션 활동에서 비언어적 요소가 차지하는 비중이 80퍼센트 이상이라는 것은 전문가들 대부분이 동의하는 바다. 그러나 특히 마케터들이 적은 정보밖에 주지 못하는 언어적 요소에 큰 비중을 두고 있다는 사실은 아이러니하다. 송추가마골에서 배우는 감성 마케팅이 주목받는 이유는 여기서도 찾을 수 있을 것이다.

태생을 모르는 물건은 쓰지 않는다

상추가 별로 없다. 송추가마골에 가서 갈비를 시키면 상추가 많이 나오지 않는다. 물론 종업원들이 상추가 떨어지기 전에 미리 갖다 준다. 따라서 고객들은 그런 사실을 잘 모를 수 있겠지만 필자의 눈에는 처음부터 그게 이상하게 보였다.

'그까짓 상추가 얼마나 된다고 푸짐하게 갖다 놓지.' 그러나 상대가 송추가마골인지라 무슨 까닭이 있을 것이라는 짐작은 했었다. 아니나 다를까.

"상추를 자세히 보세요."

그가 빙그레 웃으며 말했다. 상추에는 벌레가 갉아먹은 자국이 전혀 없었다. 당연히 벌레의 흔적도 없고, 잡티 하나 없다고 말하면 오버일까. 하나같이 싱싱했다. 수경재배 상추란다. 가격은 일반 상추의 네 배나 된다.

가격이 비싼 수경재배 상추를 쓰는 이유는 단 한 가지. 고깃집에서 고객의 불편사항이 가장 많은 것이 상추다. '벌레가 먹었다느니,

지저분하다느니.' 등 불만사항도 다양하다.

고객의 불만사항을 최우선으로 하는 그로서는 고민이 되지 않을 수 없었다. 아무리 깨끗이 씻었다 해도 어딘가에서 불만이 터졌다. 그가 고민 끝에 찾은 것이 바로 수경재배 상추다.

송추가마골에는 종업원을 부르는 벨이 없다. 이는 서비스와 연계돼 있다. 고객이 찾기 전 담당하고 있는 고객의 테이블을 돌라는 의미에서 벨이 없는 것이다. 테이블을 맡고 있는 종업원들이 수시로 부족한 상추를 체크하는 것은 당연한 일이다.

상추를 조금씩 서비스하는 것은 신선도와도 연관이 있다. 손님들이 이야기를 하면서 고기를 굽다 보면 시간이 흐르고, 시간이 흐르다 보면 상추의 신선도도 떨어진다. 그것을 미연에 방지한다는 뜻에서 상추를 조금씩 갖다 주는 것이다.

상추 제공 하나에도 이같은 서비스 철학이 담겨 있다니 다른 부산물은 말할 것도 없을 것이다.

송추가마골이 음식재료와 관련하여 지키는 철칙이 딱 하나 있다. 절대로 생산자를 모르는 부산물은 취급하지 않는다는 것이다. 시장물건을 쓰지 않는다는 말과 다름 아니다.

"시장에서 파는 물건은 어디에서 누가 생산했는지도 모르는데 어떻게 손님에게 내놓을 수 있겠습니까."

멋진 반문이다. 믿을 수 없는 것은 손님에게 줄 수 없다는 게 그의 확고한 신념이다.

송추가마골은 생산지를 정해 놓고 물건을 받아 쓴다. 이를 위해 상품의 용도에 가장 알맞은 재료를 찾아 전국을 순회했다. 고추는 어디, 무는 어디, 배는 어디 등 생산지를 정한다.

소금의 사례를 들어보자. 전라남도 신안군 비금도에서 생산하는 소금만 쓰는데 생산자가 직접 송추가마골까지 싣고 온다. 대개의 경우 목포항에 하역하면 운송업자가 싣고 가면 되는데 굳이 생산자가 송추까지 오는 이유는 만일을 대비해서다. 소금이 뒤바뀌어질 가능성이 높다는 게 이유다. 하역과정 중 국내산 소금 가격의 반절도 되지 않는 중국산 소금으로 뒤바뀌어진 사례가 종종 발생하는 것을 우려한 조치다.

김 회장은 얼마 전 소금을 제대로 생산하고 있는지 확인하기 위해 1박 2일 일정으로 비금도까지 다녀오는 수고도 마다하지 않았다. 소금도 그러한데 하물며 된장, 고추장 등 다른 주요 상품은 어찌 할 것인가.

이처럼 그는 송추가마골에서 사용하는 물건에 대해서는 노이로제에 걸릴 만큼 꼼꼼하기 그지없다. 인텔의 창시자 앤디 그로브가 말한 '신경쇠약증 환자' 다. 물론 음식과 관련해서 말이다.

"품질에 유의해야 한다. 질이 떨어지는 재료를 절대 고객에게 내어서는 안 된다. 절대 고객을 속이지 마라."

이는 김 회장의 지상명령이다. 직원들도 그의 뜻을 따라 최상급의 재료만을 취급하는 데 만전을 기한다.

고객과의 지속적인 피드백

그가 음식장사 20여 년 만에 이런 상황에 직면한 것은 이번이 처음이었다.

중년을 막 넘긴 남성 고객이 연신 땀을 비 오듯이 쏟고 있었다. 조금 뚱뚱한 몸을 주체하지 못해 바닥에 털썩 주저앉았다. 정신까지도 혼미해지는 것 같았다. 종업원들은 어찌 할 줄 모르고 있었다.

손님이 음식을 먹고 탈이 나는 경우는 거의 없다. 특히 고깃집에서 탈이 날 경우는 드물다. 탈이 나더라도 시간이 어느 정도 경과한 후 발생하는 정도다. 따라서 탈이 났다고 식당에서 트집을 잡는 고객은 대부분 다른 뜻이 있다고 보면 된다. 고깃집에서 오래 근무한 사람이라면 이런 얘기를 경험적으로 알고 있다.

그러나 그날의 상황은 달랐다. 김 회장은 의정부 송추가마골에서 긴급 상황이 발생했다는 얘기를 전화를 통해 들었다. 그는 즉각 119로 연락하라고 지시하고, 곧바로 의정부 송추가마골로 달려갔다. 그러나 그가 막 현장에 도착하기 전 상황은 끝나 있었다.

의정부 점장이 응급 조치로 손님을 살린 것이다. 다행히 점장은 맥을 잡는 공부를 한 사람이었다.

"청양고추를 먹고 급체한 손님이었지요. 원래 매운 것을 잘 먹지 못하는 사람이었답니다. 여하튼 이런 경우는 처음이었지요."

지난 연말 의정부 송추가마골에서 일어난 긴급 상황의 전말이다. 여기서 중요한 것은 일단 내용이야 어찌 됐든 119보다 빨리 상황을 종결시킨 송추가마골의 능력이다.

이 경우는 좀처럼 볼 수 없는 특수한 사례다. 송추가마골에서는 아무리 조심한다 해도 일년에 한두 건의 큰 사고가 일어난다. 주로 사고의 내용은 어린아이와 연관돼 있다. 천방지축으로 뛰노는 아이들이 종업원과 부딪혀 상처를 입는 사고, 뜨거운 음식에 데는 사고 등이 발생한다. 그외 사소한 사고도 수시로 발생하게 마련이다. 워낙 많은 고객을 만나다 보니 발생하지 않는 것이 오히려 이상한 일일 것이다.

사고에 대한 송추가마골의 반응은 즉각적이고 또 적극적이다. 일단 손님에게 정중하게 사과한다. 사과방식은 내용에 따라 다르다. 그러나 당일 즉각 사과와 함께 사고가 발생한 다음날도 어김없이 고객에게 사과 전화를 하는 것은 같다.

고객과의 사과가 끝나게 되면 그다음에 사고소재를 분명하게 가리고, 사고내용을 전 지점의 전 종업원에게 알린다. 재발방지를 위해서다. 그리고는 관련 교육에 들어간다.

"실수는 할 수 있습니다. 그러나 같은 실수는 용납할 수 없습니다."

종업원 서비스를 담당하는 이정해 실장의 말을 들어 보자.

"조금 큰 사고가 났을 때는 점장과 담당 직원이 무릎을 꿇고 고객에게 사죄를 합니다. 꼭 그렇게 해야만 하나 하는 생각이 들 만큼 엎드리지요. 고객이 불만을 털어놓을 경우 곧바로 사과를 하고 24시간 안에 문제를 해결하는 것이 송추가마골의 시스템입니다."

송추가마골은 아무리 사소한 고객의 항의라도 절대로 흘려듣지 않는다. 오히려 선물로 받아들인다. 항의가 있다는 것은 송추가마골에 애정이 있다는 것을 말하며, 큰 실수를 미연에 방지할 수 있는 방책을 찾을 수 있다는 생각 때문이다.

"고객이 불평할 때 그것은 송추가마골에 호의를 베푸는 것입니다. 고객의 직접적인 불만이 없다면 그는 다른 사람들에게 말할 것입니다. 그러면 우리는 서비스 개선에 대한 정보도 듣지 못하고, 나쁜 이미지만 전파하게 되지요."

불만족한 고객은 위협이자 기회다. 위협요소는 그들이 돌아다니며 온갖 곳에다 송추가마골을 헐뜯고 다녀 그간 송추가마골이 쌓아 올린 모든 노력을 손상시킬 것이라는 점이다. 기회는 고객의 고충을 처리해 감으로써 즉시 그리고 효과적으로 고객과 보다 강력한 관계를 맺을 수 있고 심지어 그들을 광팬으로 돌변시킬 수 있다.

필자는 이 대목에서 미국의 한 소프트웨어 회사의 사례가 떠올랐다. 그 회사는 몇몇 고객에게 버그가 걸린 소프트웨어를 보내 놓고 반응을 지켜봤다. 고객들이 불만을 토로하자 즉각 찾아가 잘못된 내용을 고쳐 주었다. 반응은 폭발적이었다. 평소 불만투성이 고객들이 열광적 팬으로 돌아선 것이다.

존 구드만의 법칙이라는 것이 있다. 아무런 문제를 느끼지 못한 상황에서는 일반적으로 10퍼센트 정도의 재방문율을 보이지만 만약 불만사항을 말하러 온 손님에게 진지하게 대응했을 경우 고객의 65퍼센트가 다시 이용하러 온다는 것이다. 송추가마골은 알게 모르게 이 법칙의 수호자, 그리고 최대의 혜택자이다.

자신 없는 음식은 내놓지 않는다

이동갈비를 취급하면서 눈에 보이지 않게 손님들이 늘어갔다. 손님 증가는 매출 증가로 이어지고, 객단가도 높아졌다. 매출이 증가하자 그는 자신감을 회복했다. 이동갈비 아이템에 확신이 섰다. 이것으로 마포갈비, 우이동갈비를 능가하는 송추가마골의 전성시대를 열 수 있다는 기대감에 가슴이 부풀어 올랐다.

'이보다 더 좋은 양념을 찾을 수 없을까.'

먼저 업계에서 소문난 주방장을 스카우트 했다. 그러나 아니었다. 다른 주방장을 다시 포섭했지만 역시 아니었다. 이때 일년 동안 갈아 치운 주방장만 십여 명 선. 훗날 송추가마골이 자리를 잡았을 무렵에는 이곳을 거쳐 간 주방장이 백 명 선을 넘어섰다.

그는 직접 주방에 들어갔다. 우이동갈비 시절 조상희 주방장에게 배운 양념 배합을 기초로 해서 그는 자신만의 양념비법 연구에 매진했다. 밤새도록 연구해 내놓은 양념이 맘에 들지 않으면 결코 이동갈비를 팔지 않았다. 양념비법 연구에 수없이 많은 고기를 버렸다.

"하루에도 100~200킬로그램의 고기를 버렸지요. 밤새 연구한 양념이 맘에 들지 않으면 결코 손님상에 내놓지 않았습니다. 내가 맘에 들지 않는데 어떻게 손님에게 먹어 보라고 권하겠어요."

송추가마골이 자리 매김하는 과정에서 굳게 지킨 룰이 하나 있다. '자신 없는 음식은 내놓지 않는다.' 황금률이다.

시행착오를 수없이 겪었다. 밤새 연구한 것이 실패로 끝나기를 수십 차례. 잠자코 있던 장인 기질이 꿈틀거렸다. 필사적이 되었다. 예서 물러설 수는 없다. 그는 수없이 정상에 도전했다. 여기서 정상이란 자신의 마음에 흡족하게 든다는 말이다.

"양념은 당도와 염도가 핵심입니다. 단맛과 짠맛이 갈비 맛을 좌우합니다. 매일 간장, 설탕을 넣고 빼고 하는 작업을 했지요. 기타 부수적인 수많은 양념재료를 사용했습니다."

한두 달이면 끝날 것 같았던 양념배합이 쉽게 끝나지 않았다. 그는 방법을 바꾸었다. 전국을 순회하며 잘한다는 갈빗집을 찾아다녔다. 최소한 잘한다는 집보다는 나아야 한다는 승부욕에 불타올랐다. 다시 양념배합을 연구하고, 맛집을 찾아가고, 다시 양념배합을 연구했다. 연구 — 실행 — 현장답사 — 실행 — 연구의 연속이었다. 봄부터 시작한 연구가 마무리된 것은 그해 가을이 끝날 무렵이었다. 자신을 스스로 만족시킬 수 있는 양념을 찾는 데 장장 10개월이라는 시간이 필요했다.

누가 와도 진짜 맛있는 갈비라고 할 만하다는 자부심이 생겼다. 어떤 주방장이 와도 놀라움을 금치 못하는 맛이라는 우월감도 있었다. 부푼 가슴을 안고 김오겸식 레시피로 이동갈비를 손님상에 내놓았다. 한마디로 대히트였다. 고기의 질감을 살린 이동갈비에 단골고객들이 눈에 띄게 늘어 갔다. 소문은 꼬리를 이었다. 고객들은 서울 근교에서만 오는 것이 아니었다. 범위가 차차 넓어졌다. 수도권, 충청권 그리고 영호남까지 확산됐다. 송추가마골은 이제 이동갈비 하나만으로 전국에서 이름난 식당으로 거듭난 것이다.

김오겸식 성공 공식이 여기서 나온다.

'손해를 보더라도 원칙을 지킨다.'

고기 맛 개발에 많은 고기를 버린 것을 두고 한 말이다.

창조적 모방으로 반격의 기회를 잡고

송추가마골이 오늘의 갈비, 갈비탕으로 자리를 잡기까지는 만만치 않았다. 첫 아이템은 한식이었다. 새 건물에 때가 타지 않은 아이템을 고르다 보니 한식을 선택한 것이다. 그러나 시장의 원리와 어긋난 이같은 생각은 처음부터 잘못 되었다. 매일 고전의 연속이었다. 5개월 만에 접지 않을 수 없었다.

다음에 선택한 것은 장어구이. 우이동갈비 시절 이웃에 있던 장어구이집이 잘 되던 기억을 살린 것이다. 그러나 반응은 썰렁했다. 다시 아이템을 바꾸었다. 등심 등 생고기를 취급했다. 이 또한 정답이 아니었다.

하루 벌어 장사하기가 빠듯했다. 더구나 식당을 지을 때 빌린 돈이 있지 않은가. 등에 식은땀이 났다. 도망을 가고 싶기도 했다. 그러나 그것은 단지 스쳐 가는 생각뿐이었다. 정면승부를 해야 한다는 생각에 잠을 이루지 못하는 날이 많았다. 식당 개업 후 근 일년 동안 매일 적자를 보는 날들의 연속이었다.

그는 친구에게 '혹시 잘못 되면 가족들을 돌봐 달라.' 고 부탁했다. 친구는 농담이라도 그런 말은 하지 말라고 했지만 사정은 급박하게 돌아갔다.

전전긍긍하고 있던 어느 날이었다. 납품하던 고기업자가 '포천에서는 이동갈비가 대히트를 치고 있다.' 고 넌지시 알려 줬다. 그 길로 포천으로 달려갔다. 한마디로 대성황이었다. 주차장마다 서울 등 전국 각지의 차들로 가득 차 있었다.

순간적으로 희열을 느꼈다. 송추가마골에 적용할 적절한 아이템을 찾은 것이다.

"마침내 찾고자 하는 아이템을 발견했습니다. 이것이면 충분히 승산이 있다는 생각이 퍼뜩 들더군요. 인기를 모을 아이템이었습니다. 서울에는 아직 상륙하지 않은 이 아이템을 재빨리 도입, 확산시켜야겠다는 생각뿐이었습니다. 다행히 이 생각은 맞아떨어졌고, 송추가마골은 이동갈비로 거듭났습니다."

이동갈비 메뉴를 즉각 삽입했다. 무작정 모방한 것은 아니다. 다소 질긴 포천의 이동갈비와는 다르게 고기에 '다이아몬드 칼집' 을 내 부드럽게 했다. 다이아몬드 칼집이란 다이아몬드 형태로 칼집을 내는 것이다. 노력이 배 이상 드는 만큼 고기는 부드러워지는 장점이 있다. 갈비도 큰 것을 사용했다. 이동갈비 양념비법을 매번 바꾸면서 송추가마골만의 이동갈비를 만들어 내는 데 심혈을 기울였다. 전국의 유명한 주방장을 초빙해 제대로 된 맛을 찾는 데 주력했다.

그러나 어떤 누구 것도 맘에 들지 않았다. 직접 주방에 들어갔다. 지금의 송추가마골의 근간이 된 레시피를 완성한 것은 95년 가을 무렵. 때맞춰 주메뉴가 이동갈비로 바뀌었다.

송추가마골이 이동갈비를 취급한 것은 시의적절했다. 이동갈비를 먹으러 서울 등지에서 사람들이 몰려든 것이다. 이후 송추가마골은 그 특유의 이동갈비로 명성을 날리게 됐다.

송추가마골의 또 하나의 자랑거리인 냉면도 이때 도입했다. 당시 서울에서는 함흥냉면 붐이 일고 있었다. 그는 당장 기술자를 초빙했다.

지금에서야 여기저기서 이동갈비와 함흥냉면을 볼 수 있지만 한수 이북에서 이동갈비와 함흥냉면을 취급한 것은 송추가마골이 처음이다.

송추가마골이 이동갈비를 도입, 자리 매김한 것은 음식점에서 창조적 모방전략의 대표적 성공사례로 볼 수 있다. 창조적 모방은 용어 자체로는 모순이다. 그러나 모방이 아닌 것이 있다는 점에서 창조적 모방이란 말을 쓰고 있다. 단순히 모방을 하고, 확대하는 정도로는 창조적 모방이란 말을 쓸 수가 없다. 모방 대상의 핵심적인 내용을 풍부하게 하고 새로운 영역에 주목하는 사람에게 어울리는 단어다.

창조적 모방은 아이템을 발명하거나, 서비스를 고안하지 않는다. 다른 사람이 발명한 아이템, 서비스를 완성시키고 확대시킨다. 그것은 아이템, 서비스를 세분화하고, 약간 개량해 다소 다른 시장에 적합하도록 하는 것일 수도 있다.

창조적 모방은 두 가지 전제 조건이 필요하다. 하나는 이전에 성공한 아이템이 있어야 하며, 또 다른 하나는 그 시장이 빠르게 성장할 가능성이 있어야 한다는 점이다. 세계적인 햄버거 업체인 맥도날드는 창업자인 레이 크록이 한 고객의 예상치 못했던 성공에 주목했기 때문에 시작된 사업이다.

이 점에서 이동갈비는 창조적 모방전략으로 삼을 적절한 아이템이었다. 포천에서 분명히 뜨고 있는 아이템이었고, 서울 등 각지에서 찾아오는 사람들이 있다는 것은 그만큼 시장의 성장가능성을 말해 주고 있기 때문이다.

창조적 모방전략에는 그러나 이 전략만의 특유한 위험이 있다. 추세를 잘못 판단하면 결과는 실패로 귀결될 수밖에 없다. 진단이 잘못 되면 치료를 제대로 할 수 없는 것이다. 이 점에서 김 회장의 현실인식과 판단력은 정확했다. 불확실성의 상황에서 그는 이것에 올인했고, 또한 적중했다. 정말로 큰 시장, 기회는 주변 어딘가에 길들여지지 않고 다듬어지지 않은 채로 존재한다. 우리는 이것을 찾는 데 심혈을 기울일 필요가 있다. 성공은 바로 거기에 있기 때문이다.

음식점으로 승부를 보려는 사람들이라면 송추가마골의 창조적 모방전략을 연구해 볼 가치가 충분하다. 한 가지 고려할 것은 아이템을 고려할 때 시장의 규모는 작아도 된다. 틈새시장 경영도 여기에 적절하게 작용하기 때문이다. 창조적 모방전략의 장점은 무엇보다 검증된 새로운 아이템이라는 것이다. 다만 너무 늦게 뛰어드는 어리석음은 범하지 말아야 한다.

송추가마골의 교육은 다양하다

음식점 경영과는 당장 관련이 없는 내용을 다루는 것도 송추가마골 교육의 특징이다. 서비스, 청결 등 시급한 종업원 교육만으로 직원교육을 완수했다고 하는 여러 업소들과는 쉽게 비교가 된다. 전인교육이 결국 송추가마골의 경쟁력에도 도움이 된다는 것을 익히 알고 있다고나 할까. 다양한 경로에서 얻은 산지식, 여러 명저에서 나온 경영의 금과옥조, 자기계발 등 다양한 교육내용을 접하다 보면 필자도 깜짝 놀라게 된다.

이를테면 다음과 같은 글귀를 놓고 종업원들과 토론을 한다.

"'사람이 가장 중요한 자산'이라는 옛 격언은 틀렸다. 사람이 가장 중요한 자산이 아니라 적합한 사람이 가장 중요한 자산이다."

교육생들은 이 글귀를 놓고 긍정적이며 에너지가 많은 '선수', 긍정적이며 에너지가 부족한 '구경꾼', 부정적이며 에너지가 많은 '냉소자', 부정적이며 에너지가 부족한 '걸어 다니는 시체' 등 네 가지 부류를 설정, 이에 대한 토론을 벌인다. '선수'가 되기 위해 우리가 무엇을 할 것인지에 토론의 주안점이 놓여 있다. 모든 것은 후천적 요소이며, 가변적이라는 전제가 깔린 것은 물론이다.

교육생들은 이어 '과거의 나', '과도기의 나', '현재의 나', '미래의 나'에 대한 얘기로 토론을 마무리 한다.

수년 전에 베스트셀러였던『우체부 프레드』의 얘기도 교육내용에 포함됐다. 즐겁게 최선을 다해 일하는 것이 성공의 제1원칙이라는 프레드의 성공법칙을 역설하고 프레드의 네 가지 비밀을 주장한다. 네 가지 비밀은 ① '오늘 나는 어떤 차이를 만들었는가' 라는 질문을 매일 저녁에 하라, ② 일보다 사람을 배려하라, ③ 돈으로 승부하겠다는 생각을 버려라, ④ 어제는 어제일 뿐 오늘은 새로운 날이다 등이다.

실패는 혁신할 수 있는 좋은 기회다

한정식, 장어집, 생고깃집 등을 거쳐 이동갈비를 취급하게 되는 과정에서 김 회장이 취한 전략은 음미해 볼 만하다. 93년 처음 송추가마골을 오픈하고 나서 김 회장은 자신했다. 새롭게 단장한 새 건물에 새롭게 뜨는 아이템, 그리고 서울 외곽의 신흥 유원지가 겹쳐서 충분히 승산이 있다고 생각한 것이다. 이러한 자신감에는 마포갈비, 우이동갈비를 하면서 승승장구를 하던 경험도 한몫 했을 것이다.

그러나 야심 차게 준비한 한정식의 실패는 예상치 못한 결과였다. 이같은 상황을 즐기는 사람이 있었다. 송추가마골을 지을 때 돈을 빌려 준 사람이었다. 이자를 제때 갚지 못하는 김 회장을 보면서 그는 조금씩 자신의 속내를 드러냈다. 그가 노리는 것은 송추가마골. 지금 당장은 장사가 잘 되지 않지만 부동산 가치로 효용이 충분하다고 판단했던 것이다. 송추가마골 자리는 송추, 장흥유원지를 끼고 있는 노른자위였다.

그는 원금, 이자 대신 송추가마골 식당을 대신 내놓을 수밖에 없었다. 점점 올가미가 자신의 목을 조이는 것을 느끼고 하루하루 피를 말리는 나날을 보내고 있었다.

돈을 구하는 것과 식당을 살리는 일이 동시에 시급했다. 그는 5개월 만에 자신의 오판을 인정했다. 한정식을 버리고 다른 아이템으로 식당을 전업시키기로 한 것이다.

여기에서 김 회장의 장점이 돋보인다. 십여 년 넘게 성공해 왔던 오너가 쉽게 자신의 오판을 인정했다는 대목이 그 첫 번째고, 그 실패를 인정하고 시장의 상황을 둘러봤다는 행동주의가 그 두 번째다. 실제 현실과 현실에 대한 인식의 차이가 있다는 것을 솔직히 인정한 김 회장의 융통성이 이동갈비라는 대어를 낚은 것이다.

일반적으로 예상치 못했던 실패에 직면했을 때 오너들은 더 많은 연구와 더 많은 분석을 실시하려는 경향이 있다. 자신의 현실 인식이 잘못 됐다는 자백(?)을 하기 싫기 때문이다. 그러나 그것은 잘못된 반응이다. 이러한 분석에는 항상 지적 오만, 지적 독단이 도사리고 있다.

실패는 당신이 직접 나가서 둘러보고 들어 볼 것을 요구한다. 실패는 언제나 혁신의 기회를 제공하는 징후라고 간주되어야 하며, 또한 그런 방식으로 진지하게 다루어져야 한다.

성공의 경우와는 달리, 실패는 거부당할 수 있다. 주목을 받지 않고 그냥 지나치는 경우가 거의 없다. 하지만 그것들이 기회의 징후로 파악되는 경우도 드물다. 물론 대부분의 실패는 단순한 실수, 탐

욕의 결과, 어리석음, 부화뇌동, 또는 계획과정이든 집행과정이든 간에 무능의 결과에 지나지 않는다. 그러나 신중하게 계획되고 철저히 설계하고 사려 깊게 실천했는데도 실패했다면 시장이 변했다는 사실을 기억해야 한다.

예상치 못했던 성공이든 실패든 간에 예상 못한 그것을 효과적이고도 의도적인 경영혁신을 추진하기 위한 기회로 삼기만 하면 충분한 것이다.

실패를 경영의 혁신으로 삼은 사례로 포드자동차의 에드셀 모델이 있다. 포드자동차가 1957년 내놓은 에드셀은 완전 실패로 끝났다. 이에 대한 포드자동차의 대응은 매우 뜻 깊은 것이었다. 포드자동차의 경영자들은 비합리적인 소비자를 탓하는 대신에 자동차 산업에 종사하는 모든 사람이 소비자행동에 대해 현실이라고 믿고 있는 가정들, 즉 오랫동안 당연한 원칙이었던 가정들과는 일치하지 않는 뭔가가 일어나고 있다고 판단했다.

라이프 스타일별로 시장이 빠르게 대체되고 있거나, 또는 적어도 이것과 병행하고 있다는 사실을 발견했다. 그 결과 에드셀이 실패한 후 얼마 되지 않아 등장한 것이 바로 선더버드 모델. 1908년 헨리 포드가 모델 T를 출하한 이래 미국 자동차 사상 가장 위대한 성공작이 되었다.

"실패는 혁신할 수 있는 좋은 기회입니다. 단, 실패를 전적으로 받아들이는 마음자세가 중요하겠지요."

실패에서 성공이라는 대어를 낚은 김 회장의 주창이다.

신뢰는 쉽게 모방되지 않는다

송추가마골에는 유난히 장기근속자가 많다. 근무연수를 묻다 보면 업계의 현실과는 전혀 동떨어진 결과가 나온다. 이직률이 높다는 홀 서빙, 고기공장 생산부 직원, 주차요원 등 하나같이 수년째 근무 중이다.

필자는 송추가마골에 갈 때마다 서빙하는 직원에게 근무연수를 물어보았다. 3년, 7년이란 말이 흘러나오게 마련이며, 그럴 때마다 같이 간 일행은 놀라움을 금치 못한다. 이들 대부분은 음식업을 영위하는 사람들이며, 따라서 종업원 특히 홀 서빙하는 종업원의 관리가 얼마나 힘든지 잘 알고 있기 때문이다. 김 회장과 초창기부터 20여 년 넘게 같이 일하는 직원도 있다.

일행을 놀라게 하는 또 하나는 종업원들의 얼굴 모습과 행동거지가 하나같이 자부심에 차 있다는 것이다. 자부심은 그대로 고객들에게 전달되게 마련이다. '어떻게 관리를 했을까.' 의구심이 나오지 않을 수 없는 대목이다.

얼마 전에는 송추가마골 출신으로 식당을 운영하는 사람을 만났다. 3년 정도 송추가마골에서 근무한 그녀는 김오겸 회장이 종업원들에게 얼마나 카리스마가 있는지 누차 얘기를 했다. 자신도 김 회장의 카리스마를 배우고 싶은데 그게 잘 안 된다고 했다. 송추가마골에 근무했던 사실을 한마디로 자랑스러워하는 것이다.

작은가게창업연구소 심상훈 소장이 옆에서 듣고 있다가 "직원들이 높은 수준의 신뢰와 헌신을 보인다는 것은 송추가마골이 정직하고 공정한 경영을 한다는 얘기지요. 여하튼 김오겸 교주가 나셨네." 해서 한바탕 웃은 적이 있다.

송추가마골 종업원들은 회사에 대한 신뢰가 대단하다. 이처럼 회사와 CEO에 대한 신뢰가 높은 식당이 있다고는 별로 들어 본 적이 없다. 송추가마골의 경쟁력은 바로 이 신뢰, 내부 직원의 신뢰에서 찾아볼 수가 있을 것이다.

종업원의 신뢰는 월급을 많이 준다고 얻어지는 산물이 결코 아니다. 사실 송추가마골의 월급은 여타 식당에 비해 그리 많지 않다.

송추가마골이 지나온 역사를 보면 그들이 얻은 신뢰의 요인은 다음 세 가지로 요약이 된다. 목표와 약속을 철저히 이행했다는 것이 그 하나이고, CEO가 어떤 경우든 언행일치의 도덕적 인간이었다는 것이 그 두 번째이며, 종업원들의 복리에 성의를 보였다는 점이 그 세 번째다.

고기공장에 근무하는 생산부 직원의 예를 들어보자. 생산부 직원들에게는 일과시간에도 축구와 등산을 무제한 허용했다. 한곳에 오래 앉아 있는 작업환경을 감안한 조치다. 지난해 가을에는 3일에 걸쳐 송추 인근 LG구장에서 '송추가마골 체육대회'를 열었다. 의정부점, 송추 신관 · 본관 직원과 고기공장 직원, 김치공장 직원 그리고 협력업체 직원들이 총출동한 행사였다.

"고기 생산부 직원들의 축구 실력이 보통이 아니랍니다."

체육대회 행사를 마치고 자랑스럽다는 듯이 웃으며 한 말이다.

종업원들은 그의 말을 보증수표로 여긴다. 와스프(WASP, 앵글로 색슨계 백인 신교도. 미국 사회의 주류를 이루는 지배계급으로 여겨짐)의 말이 미국 상류사회에서 확실한 표상으로 통하듯 그의 말은 어김이 없다. 그는 종업원들에게 한 약속은 반드시 지켰다. 비록 사정이 변하는 한이 있어도 자신의 말과 행동을 일치시켰다. 목표와 약속의 이행, 그리고 언행일치는 카리스마의 주요한 덕목이다. 그가 종업원들에게 빈틈없는 카리스마를 행사할 수 있는 것은 이같은 리더십이 있었기에 가능한 일이다.

신뢰는 그의 트레이드마크다. 내뱉은 말은 어찌 되든 책임을 진다. 송추가마골 1층에 자리 잡은 화랑(?)도 사실 김 회장이 약속을 지키기 위해 만든 것이다. 1층의 그림과 액세서리 판매는 무료로 운영되고 있다. 그렇게 약속한 것을 김 회장은 해를 넘기면서도 충실히 지키고 있다.

비즈니스와 직장생활에서 신뢰는 조직을 하나로 묶어 주는 핵심 요소다. 조직의 평가기준은 바로 구성원들간, 구성원과 회사간의 신뢰수준이다. 신뢰는 그런 점에서 조직을 번창하게 하기도 하고, 퇴

락시키기도 하는 주요한 요소다. 또한 이런 점에서 송추가마골은 여타 업소의 부러움을 사고 있다.

후쿠야마는 자신의 저서 『트러스트』에서 "고신뢰 국가는 번영하며 계속해서 더 많은 사람들에게 더 큰 기회를 제공하는 한편, 저신뢰 국가는 번영과 발전을 누리기 어렵다."는 결론을 내렸다. 여기서 국가를 식당으로 바꾸면 모습이 보일 것이다.

소크라테스는 독약을 먹고 죽는 순간에도 친구 크리톤에게 의술의 신 아스클레피오스에게 닭 한 마리를 빚진 것이 있다며 대신 갚아 줄 것을 부탁했다. 지인들은 김오겸 회장에게서 바로 이같은 신뢰를 받는다고 한다.

'신뢰를 얻으면 융성하고, 신뢰를 잃으면 망하게 된다.'

김 회장의 주장이다. 경영에서 신뢰는 가장 중요한 근본이다. 특히 경영자에게 신뢰는 가장 큰 무형 자산이다. 이 무형의 자산은 유형의 자산보다 더 중요하다. 유형의 자산은 언제라도 모방할 수 있기 때문이다. 신뢰는 쉽게 모방되지 않는다.

프리미엄 서비스는 주차장부터

송추가마골 신관 자리는 원래 낚시터였다. 낚시터 자리를 메워 신관을 지은 것이다. 낚시터이다 보니 지반이 약할 것을 우려해 터를 단단히 다지고 건물을 올렸다. 밑바닥은 전부 자연석 돌로 메웠다. 따라서 외관상 보이는 식당건물도 단단하게 보이지만 속내는 더욱 단단한 셈이다.

신관 부지를 사게 된 것은 주차장 때문이다. 송추가마골 본관이 날로 성행할 때였다. 나날이 늘어가는 손님들로 주차장은 항상 만원이었다. 마침 주차장 부지로 활용할 만한 매물이 나왔다. 인근의 음식점이었다. 주차장 시설은 괜찮아 보였지만 왠지 내키지 않았다. 남이 망한 자리에 들어서는 것이 꺼림칙했기 때문이다. 그 감이 적중했다.

"처음에는 빈 음식점을 사지 못한 것을 후회했습니다. 인근에 나온 부지가 없었거든요. 그러나 결과적으로 빈 음식점을 포기하면서 신관 자리를 살 수가 있었습니다. 송추가마골의 비약도 바로 신관 부지에서 시작됐고요."

막상 주차장 부지를 찾으려 하니 근처에는 매물이 없었다. 나온 매물은 기껏해야 냇가를 건너 낚시터로 사용되는 연못뿐이었다. 김 회장은 이를 포기하려고 했다.

누군가 코치를 했다. 밑바닥을 다지고 사용하면 오히려 좋은 부지가 될 것이라고 충고했다. 생각해 보니 좋은 아이디어였다. 즉각 계약을 했다.

인근 5백여 평 규모의 방죽 부지를 포함, 약 2천 평 규모의 부지가 마련된 것이다. 2002년의 일이다. 그후 2년간 연못을 돌로 메우고 위에만 흙을 덮어 주차장 부지로 사용했다가 2004년 5월 그 자리에 신관건물을 들어앉혔다. 주차장 부지로 활용하기 위해 매입한 부지가 뜻밖의 대박을 터뜨린 것이다.

우연치 않은 의도가 행운을 불러일으킨 것. 행운은 선한 의도를 가진 사람에게 다가오는가 보다.

주차장에 대한 그의 생각은 확고하다.

"주차시설이 충분하지 않고는 식당을 차리지 않습니다. 마이카 시대, 주차 때문에 짜증이 나면 맛있는 음식도 형편없게 생각될 것입니다. 식당은 음식만 먹는 곳이 아닙니다. 마음 편하게 와서 쉬고 가는 곳이 식당입니다."

최근 문을 연 송추가마골 덕정리점도 주차시설이 완벽하다. 2백 평 규모의 식당에 대지는 천 평이다. 나머지가 주차시설로 활용된다는 얘기다.

송추가마골 의정부점을 찾아온 손님이라면 세 군데나 되는 주차장을 보게 된다. 필로티 공법으로 들어선 식당과 인접부지에 제1주차장, 또 한쪽에 제2주차장, 길 건너 제3주차장이 있다. 제2, 제3주차장 부지는 주차시설로 사용하기 위해 직접 매입, 나대지로 놔두고 있다. 비싼 땅덩어리를 놀리는 것(?)을 보고 부동산 개발업자들은 놀라움을 금치 못할 것이다. 제2, 제3주차장은 평일에는 별로 쓰이지 않지만 주말에는 그 자리도 차게 된다. 손님이 몰리더라도 주차 때문에 전전긍긍하는 일은 없다. 주차관리요원이 재빨리 달려가 손쉬운 주차를 유도하기 때문이다.

인근 대형 음식점들이 주차문제로 골머리를 앓고 있고, 길가에 늘어선 손님 차들로 도로통행에 지장을 주고 있는 것과 비교해 보면 송추가마골의 주차장에 대한 투자가 남다르다는 것을 쉽게 알 수가 있다.

국내 최고의 식당으로 자리 매김한 지금도 서울 진출을 서두르지 않는 것은 바로 주차장 때문이다. 식당자리를 봐 달라는 지인의 요청에도 그는 먼저 주차시설부터 체크한다.

'주차시설을 확보하라.'

강자로 거듭나기 위해 화두가 되고 있는 차별화에 대한 그의 입장은 확고하다. 차별화로 자신의 식당을 부각시키기 전에 먼저 기반시설인 '주차장부터 확보하라.' 는 김 회장의 충고다.

"서비스의 다양화를 위해서는 핵심제품이나 서비스와 가장 밀접한 부가 서비스를 찾아내어 이를 활용하는 것이 중요하지요. 그러나 지나친 다양화는 서비스나 제품의 핵심을 산만하게 할 수 있으므로 지양해야 합니다. 그보다는 주차장 확보라는 기반시설을 갖추는 데 그 힘을 써야 합니다. 주차장 확보가 바로 차별화이고, 프리미엄 서비스의 시작입니다."

연대할 것은 고객뿐이다

몇몇 기관에서 실시하는 외식업소 탐방코스에는 송추가마골이 선두주자 격으로 포함된다. 그때마다 고정적으로 받는 질문이 있다.

'직원들이 환하게 웃는다. 미소와 친절이 인상적이다. 어떻게 가능하였나.'

이러한 질문에 대해 독자들은 의아해할지 모른다. 서비스 업소에서 웃는 것은 당연하다고 생각하기 때문이다. 맞다. 독자들의 생각이 옳다.

그러나 이러한 질문이 나오는 이유를 다시 생각해 보자. 특별한 이유가 있을 것이다. 그것은 특별한 웃음이다. 환하게 웃는다. 보는 이의 마음을 환하게 여는 웃음이다. 환한 웃음은 고객을 순간적으로 만족시킨다.

얼마 전 실시한 탐방교육에 필자가 잘 아는 프랜차이즈 업체에서 두 명의 직원이 파견됐다. 그때 직원들이 올린 보고서에도 송추가마골의 미소와 친절이 이슈로 등장했다. 전문가들이 탐방하는 코스에서도 송추가마골 직원들의 환한 미소가 인상적이었던 모양이다. 이에 대한 보고서에서는 다음과 같이 적혀 있었다.

'직원시설에 대한 투자, 관리자 세미나, 우수사원 포상, 각종 행사를 통해서 직원들과 관계 개선, 별도의 급여 인상은 없음.'

모범적인 답안이다. 국내 식당에서 이러한 제도를 시행하는 것은 상당히 고무적인 내용이다. 하지만 이러한 내용은 유통, 제조까지 업종을 넓혀 살펴보면 괜찮다는 기업에서는 심심치 않게 볼 수 있다. 특별하지 않다는 얘기다.

그러나 이들 업체는 직원들에게서 송추가마골 같은 탁월한 성과를 내지 못하고 있다. 따라서 보고서 내용만 가지고는 잘 알 수가 없다. '송추가마골은 직원들의 탁월한 친절을 유도해 냈다. 어떻게 가능한 일인가?'

'연대할 것은 고객뿐이다.' 라는 김 회장의 말로 이 물음에 대한 답을 먼저 내려 보자. 송추가마골은 철저히 고객 위주로 시스템을 구축하고 있다. 고객의 요구는 어떤 일보다 긴급사항이다. 그는 수시로 고객들의 요구는 일단 무조건 수용하라고 지시한다. 따지기를 좋아하는 젊은 직원들의 반발이 있기는 하지만 이는 송추가마골이 지향하는 바를 잘 말해 준다. 김 회장은 이와 관련, 고객과 관련한 보험을 들었다. 혹시나 있을 고객 불편 사항에 충분한 보상을 하기 위해서다. 겉으로 드러나는 불만사항만 처리하는 게 아니다. '고객들의 비합리적인 요구도 수용하라.' 는 것은 회사의 모토다. 직원들은 이러한 지침을 잘 지켜 내고 있다. 겉으로만 수용하는 것이 아니라 가슴으로 새기고 있다.

송추가마골에 가면 직원들이 손님들에게 집중하는 것을 볼 수가 있다. 손님들이 식당에 들어서면 일단 하던 일을 멈추고 손님에게 달려간다. 여느 식당에서나 쉽게 볼 수 있는 것이라고 말하지 말라. 운이 좋아 서비스를 받았을 뿐이다. 그러나 송추가마골에서는 손님들은 언제 가더라도 항상 이런 대접을 받는다. 귀중하게 여겨진다는 느낌이 확 든다.

그리고 손님이 아무리 어처구니없는 요구를 하더라도 직원들은 절대 토를 달지 않는다. 손님들의 요구를 들어준 다음에 얘기한다. 그들은 손님의 요구에 "저쪽에 있습니다."라는 말은 절대 하지 않는다. 대신 손님이 원하는 것이 있는 곳까지 안내한다. 송추가마골에서 서비스는 명사가 아니라 동사다. 행동을 통해서 서비스는 빛을 발한다.

송추가마골이 지향하는 대고객전략은 자사가 취급하고 있지도 않은 타이어를 교환, 환불해 준 미국의 노드스트롬 백화점과 비유가 되고 있다.

이와 같이 고객 위주의 시스템을 만들기까지 송추가마골도 상당한 시일과 노력이 필요했다. 주로 교육을 통해 조금씩 회사의 지향하는 바를 전파했다. 하루도 빠지는 날이 없이 전진했다. 이게 다른 업소와 차별되는 부문이다. 고객지향을 겉으로만 표방한 것이 아니라 직원들의 가슴 깊은 곳에 새겨 준 것이다.

이를 CANI (Constant And Neverending Improvement, 지속적이고 끊임없는 개선) 원칙이라 부른다. 전쟁으로 엉망이 된 일본경제를 일으킨 원칙, 카이젠과 같은 말이다. 카이젠이란 일본말로 지속적인 향상을 의미한다. 점진적 개선의 원칙은 단번에 큰 진보를 이루기보다 차근차근 발전할 것을 제시한다. 위대한 성과는 오랫동안 꾸준한 노력으로 작은 성취를 조금씩 덧붙여 온 결과다. 그 성취 하나하나는 대단치 않지만 하나로 합쳐지면 결국 뛰어난 실적이 되는 것이다.

"짧은 시간에 많은 것을 기대하지는 않았습니다. 시간이 걸리더라도 회사가 지향하는 바를 직원들에게 심어 줘야겠다고 생각했습니다. 특히 대고객 접점에 서 있는 직원들에게 '연대할 것은 고객뿐이다.' 라는 인식을 심어 주는 데 주력했습니다. 그 결과 고품격 서비스로 이어졌고요."

송추가마골은 교과서에 없는 대고객 고품격 서비스를 지향한다. 고품격 서비스를 지속적으로 제공한다면 일반적인 고객만족을 넘어 고정고객을 갖는 것은 불문가지다. 이것이 송추가마골의 강력한 차별화요소다.

"사람들은 엄청난 비용을 지출해야 고품격 서비스를 할 수 있다고 생각합니다. 그러나 고품격 서비스는 더 많은 비용이 들지는 않습니다."

"고객과 직원이 일대일로 만나는 일대일 서비스입니다. 우리는 하루하루 매시간 매분 한 사람의 고객을 위해 일합니다."

이같은 서비스는 교육만 갖고 되는 것은 아니다. 앞에서도 한 번

언급했지만 경영진에 대해 상당한 신뢰와 존경심을 지닌 직원들만이 고객에게 제대로 된 서비스를 할 수 있다. 제대로 된 서비스는 체계 같은 것이 갖추어진다고 되는 것이 아니다. 결국은 사람이 하는 일이기 때문이다. 김 회장과 송추가마골에 대한 직원들의 신뢰는 꼭 짚고 넘어갈 부문이다.

사랑하면 아이디어가 샘솟는다

비즈니스맨들은 사업과 생각의 연결고리를 찾으려 한다. 겉보기에는 본질적으로 다른 현상들이 눈에 띄지 않는 연결고리로 이어질 수 있을 때 흥미를 느낀다. 아이디어는 연결고리다.

사업은 아이디어에서 시작된다. 성공과 실패, 승자와 패자를 연결하는 선상에 신선한 아이디어가 있다. 송추가마골은 신선한 아이디어로 승장의 반열에 오른 업소다.

송추가마골에는 이곳 특유의 시설이 있다. 이들 시설은 역시 송추가마골이라는 고객들의 찬사를 유도해 내는 역할을 톡톡히 하고 있다. 고객들의 감탄을 받으려고 만든 것은 아니지만, 이런 시설들이 송추가마골의 위상을 높여 주고 있는 것만은 확실하다.

여자화장실에는 신부대기실(?)이 있다. 놀라운 일이지만 이는 사실이다. 송추가마골 신관 2층 여자화장실 입구에는 대기실이 놓여 있다. 넓은 공간과 탁자, 거울, 일부 기초화장품 등이 마련되어 있어 여성들의 활용이 무척 높은 곳이다. 특급화장실에도 이같은 대기석

이 있는지는 모르겠으나 일반 식당에는 이곳뿐인 것으로 알고 있다.

"여성들이 이곳에서 화장을 고치거나, 새롭게 화장을 하기도 합니다. 그리고 일부는 사적인 전화를 하거나 담소하는 등 다양하게 이용합니다."

식사를 하는 8인용 탁자는 다리가 여덟 개가 아닌 두 개뿐이다. 탁자 양쪽의 다리를 바닥에 고정시켰기 때문에 가능한 일이다. 테이블 다리가 두 개인 것은 여러모로 장점이 있다. 손님들이 식사를 할 때 전혀 거치적거리지 않아 편하고, 가족 손님의 경우 아이들이 장난치다가 다리에 걸려 넘어질 경우를 미연에 방지하는 데 도움이 된다. 청소를 하는 종업원들에게도 힘을 덜어 주는 역할을 하고 있다.

1층에서 2층까지는 에스컬레이터가 설치되어 있다. 에스컬레이터가 설치되어 있는 음식점들이 거의 없으니 처음 이곳을 방문한 손님들은 마냥 신기해한다. 짧은 순간이지만 자신들이 대접을 받고 있다는 기분이 들게 하는 데 에스컬레이터의 효용은 대단하다.

대형 음식점이라면 어디서나 볼 수 있는 놀이방도 여기서는 차별화돼 있다. 놀이방 앞에 ㄷ자형 테이블을 설치한 것이 바로 그것이다. 식사를 하면서 아이들이 노는 모습을 지켜보도록 하기 위한 것이다. 놀이방만 한구석, 또는 식사공간과 떨어져 설치해 놓은 여타 식당과는 확연히 구별되는 아이디어다.

전 직원에게 무선 호출기를 착용토록 한 것도 눈에 띈다. 큰 소리로 직원들을 호출하거나 직원들끼리 대화를 나누는 경우를 미연에 방지, 조용한 식사분위기를 조성하는 데 일조를 한다.

이밖에 밀려드는 고객들에게 신속한 물 서비스를 하기 위한 급수대, 음식쓰레기 냄새를 잡아 내는 잔반냉장고 등은 송추가마골 특유의 아이디어 시설들이다. 갈비를 구울 때 연기가 나지 않는 수냉식 로스터기도 주목할 시설이다. 고깃집에 흔히 있는 덕트가 이곳에 없는 이유다. 덕트는 분위기에 전혀 도움을 주지 않는 시설이다. 건축 설계 당시부터 이를 고려했다.

송추가마골에는 이와 같이 번뜩이는 아이디어 시설이 도처에 있다. 찬찬히 들여다보면 시설뿐만 아니라 서비스, 마케팅에도 남들이 전혀 예상치 못한 아이디어 산물이 많다. 아이디어는 낯익은 문제에 대한 새로운 시각이다. 알고 있는 세계를 뒤집어서 전혀 새로운 각도, 즉 생소한 가르침을 주는 각도에서 보아야 한다. 고객들은 이 모든 아이디어를 사랑한다. 색다른 즐거움을 주기 때문이다.

송추가마골은 새로운 아이디어에 대해 항상 문을 열어 놓고 있다. 당초 예상한 대로 작용하지 않는 무언가를 발견하면 즉시 그 결과를 수용해 빠르게 자기를 교정하는 데 아이디어가 작동된다. 이것이 송추가마골의 경쟁력이다.

"아이디어는 어디서나 나옵니다. 그러나 출중한 아이디어는 고객에게 끝까지 집중하는 데서 나온다고 봅니다."

너무 간단해서 모방하지 못한다

처음부터 갈비만 취급한 것은 아니다. 생고기와 갈비를 동시에 취급하는 고깃집이었다. 이동갈비가 제 맛을 찾은 뒤부터 점차 갈비의 비중이 높아졌다. 고깃집으로 변신한 뒤 일년이 지나자 갈빗집으로 소문이 나기 시작했다.

김 회장은 이때 잠시 고민을 했다. 갈비 전문으로 자리 매김할 것인지, 등심도 취급하는 고깃집으로 남을 것인지. 등심 등 생고기를 찾는 손님이 항상 있는 것이 고민의 관건이었다. 그가 최종적으로 생갈비 부문만 남기고 등심 등 생고기 부문을 철수하기로 한 것은 두 가지 이유 때문이다.

팔리지 않은 생고기의 재고처리가 무엇보다 어려운 것이 그 첫째 이유였다. 육즙이 빠지고 색깔이 변하는 등 보관상의 문제처리가 힘들었다. 당연히 맛 관리를 할 수 없었다. 맛의 품질을 유지하기 위해서는 보통 이상의 노력이 필요했다. 그런다고 해서 맛의 유지가 항상 가능한 것도 아니었다.

유통체계상 팔고자 하는 좋은 부위만 사올 수도 없었다. 필요하지 않은 부위를 가져온다는 것은 식당으로서도 많은 위험부담을 감내해야 한다는 얘기였다. 팔리지 않은 부위를 처리하는 것이 어려웠다. 한때 소를 통째로 사기도 했다. 한 마리 소에서 송추가마골이 취급할 수 있는 구이용은 10퍼센트도 안 됐다. 용도가 맞지 않은 부위가 너무 많아 적자폭이 커진 것은 물론이다.

전문화는 그 두 번째 이유이다. 고기식당이 아니라 고기 중에서도 분야를 나눠 갈비만 취급하는 식당으로 자리 매김하는 게 고객들의 신뢰를 얻는 데 중요하다는 판단이 든 것이다.

전문화를 추구하면 일부 잃는 고객도 있겠지만 오히려 고정고객을 확보하는 데 유리하다는 생각이 들었다. 전문화는 무엇보다 홍보면에서 탁월한 효과를 나타냈다.

1996년부터 송추가마골의 메뉴는 갈비와 갈비탕, 냉면으로 굳어졌다. 메뉴판에서 등심 등 생고기는 사라졌다. 대신 갈비를 좀 더 고급화시키는 전략을 구사했다. 당장 긍정적인 효과가 부정적인 효과를 상쇄하면서 매출이 늘어났다. 소문은 급격히 퍼졌다. 대형차를 마련, 단체고객을 실어 날라야 했다. 대형차 마련은 입소문의 근원인 아줌마 손님들을 잡는 데 유효했다.

특히 미식가들 사이에 송추가마골 이름이 회자됐다. 영화, TV 스타들이 즐겨 찾는 명소로 부각됐다. 수백 명은 찾았을 것이다. 김영삼 전 대통령 등 정치권의 이용도 활발했다.

송추가마골에 언론사의 인터뷰 요청이 쇄도한 것은 물론이다. 김 회장은 이러한 흐름을 적절히 활용했다. 송추가마골을 널리 알릴 수 있는 기회로 여기고 인터뷰 요청에 일일이 답했다.

그러자 이번에는 일부 외식교육기관에서 송추가마골을 견학코스로 이용하게 해 달라는 요청이 왔다. 기꺼이 응했다. 그 판단도 적중했다. 견학을 온 사람들이 송추가마골 이름을 전국에 퍼뜨렸다. 전국의 요식업체의 필수견학코스가 되면서 송추가마골의 이름은 더 이상 송추만의 식당이 아니었다. 주말에는 전국 각지에서 몰려드는 차량으로 송추가마골 앞은 북새통을 이뤘다. 덩달아 외식업소 교육에 송추가마골 사례가 필수적으로 다뤄졌다. 점입가경(漸入佳境)이었다. 송추가마골을 벤치마킹하겠다는 사람이 늘어나면서 송추가마골의 홍보는 확실히 이뤄졌다. 브랜드 가치가 날로 높아졌다.

2000년도로 들어서자 고객이 대기하는 것이 관례로 굳어질 정도로 송추가마골은 호황을 맞았다. 주말에 대기하는 모습은 이제 더 이상 얘깃거리가 되지 않았다. 간혹 평일에도 대기 손님이 생겨날 정도였다. 이 활황세가 지금도 계속되고 있으며, 시간이 지날수록 점점 가열되는 양상이다.

송추가마골이 널리 알려진 것은 특별한 마케팅 계획을 세워서가 아니다. 누구나 알고 있는, 마케팅의 정수라는 입소문 마케팅에 의해 자리 매김한 식당이다. 입소문 마케팅으로 국내 최고의 식당이 됐다면 아무도 믿지 않는다. 너무 간단하고 누구나 알고 있기 때문이다. 그렇기 때문에 모방하기 어려운 것이다. 단순한 곳에 진리가 있는 것이다.

가격을 앞세우지 않는다

송추가마골은 일류 식당의 기준인 맛과 분위기, 차별화된 서비스 등 3요소에 절대 청결을 합쳐 4요소로 승부를 벌인다. 새삼스레 절대 청결이 무슨 말인가 할 것이다. '대부분의 식당이 깨끗하다.' 고 반문할지도 모른다.

그렇다면 송추가마골에 가 보시라. 한 점의 쓰레기도 보이지 않을 것이다. 일부러 휴지를 버려 봐라. 채 일분이 지나지 않아 직원들에 의해 치워질 것이다. 주차관리원마저 떨어지는 낙엽을 그냥 두지 않는다. 수시로 줍고 치운다. 어느 때라도 주방에 들어갈 기회가 있으면 물기가 있는지 살펴봐라. 주방바닥은 깨끗하게 치워져 있고, 또한 물기조차 없다. 참고로 절대 청결은 맥도날드의 경쟁요소이기도 하다.

직원들의 태도, 자연을 벗 삼은 교통요지에 자리 잡은 위치도 충분한 경쟁요소이다. 송추가마골은 다양한 경쟁요소를 갖추고 있다. 그러나 송추가마골은 한 가지 경쟁요소만은 도입하지 않고 있으며,

그럴 생각도 없다. 그것은 최근 주목받고 있는 가격정책이다. 가격으로는 경쟁하지 않았으며, 앞으로도 경쟁하지 않을 것이다.

송추가마골은 가치를 제공하기 위해 노력하며 가치에 따른 가격 책정에 확신을 갖고 있다. 따라서 고객 서비스기간 외에는 특별한 가격할인 정책을 쓰지 않는다.

가격에 자신이 있는 것은 물론 경기불황과 관련 없이 고객이 밀려들고 있는 것도 일견 이유로 보일 것이다. 매출에 영향이 없는데 굳이 가격정책으로 수익을 극대화하려는 생각을 가지는 것은 어리석은 일이다. 그보다는 김 회장의 마케팅에 대한 자신감으로 풀이하는 것이 타당하다.

"가격을 내세운 마케팅은 아무런 공감도 얻지 못합니다. 가격으로 어떻게 해보려는 생각은 애초부터 잘못된 것입니다. 제품에 자신이 없는 업소가 하는 저차원적인 마케팅활동입니다."

"소비자들에게 '가격이 중요하니 한번 둘러보고 비교해 보십시오.' 라고 말하는 것은 제품에 자신이 없다는 반증이 아닙니까."

리딩 업소의 자부심이자 자신감의 표현이다. 얼마나 당당한가. 가격정책은 결국 자신의 제품을 생필품 수준으로 전락시키는 수치스런 마케팅이라는 설명이다. 따라서 그에 따른 마케팅 활동도 단순히 사고파는 거래관계로 전락하게 마련이라는 얘기다.

따라서 송추가마골에서는 가격을 내세운 마케팅은 하지 않는다. 고객 사은 행사기간 중에만 일부 품목의 가격을 내리기는 하지만, 행사기간이 끝나면 바로 원위치로 환원된다. 행사는 해당 재료의 대량 확보가 가능해졌을 때만 시행한다. 오히려 내부에서는 한때 가격을 올려야 한다는 주장이 강력히 제기됐다. 이러한 주장은 나름대로 근거가 있다. 특히 수요가 몰리는 여름 · 겨울철에 대기자가 북적거리는 모습을 보면 이해가 되는 주장이다. 또한 3년째 미국산 소고기가 수입 금지되면서 원재료 가격이 많이 올랐다는 것도 이유가 됐다. 그러나 김 회장은 특별한 경우 외에는 가격 경쟁을 벌이지 말라고 지시를 내렸다. 대고객 신뢰 때문이다.

"사람들이 밀려온다고 가격을 올리면 저는 저수준의 장사치밖에 안 돼요. 가격도 고객과의 약속입니다. 이를 지키려는 노력이 없었다면 송추가마골은 아마 없었을 것입니다. 시장 가격이 요동치더라도 항상 미리 정해 놓은 합리적인 가격을 유지해야 합니다."

사람들에 따라 느끼는 편차가 다르겠지만 송추가마골의 가격은 상중하 단계로 볼 때 중상(中上) 정도이다. 4인 식구 기준 15만 원 정도면 식사가 충분히 가능하다. 술 등을 곁들이면 20만 원선을 잡으면 된다. 가마골 갈비가 480그램에 2만 8천 원, 왕갈비가 300그램에 3만 원 등 비교적 중상 가격을 유지하고 있다. 이 가격대는 여간해서 오르고 내리지 않는다. 시장상황의 변동을 애써 무시하려고 한다. 경영의 합리화로 원가 상승분을 커버하려는 노력을 경주하고 있다. 이것이 바로 몇 년째 이 가격대가 유지되고 있는 이유이다.

의정부점에서는 돼지갈비 등을 따로 취급하고 있다. 송추가마골의 주력 메뉴 중 하나인 갈비탕은 7천 원이다. 갈비탕은 송추가마골 본관과 의정부점에서만 팔고 있다.

음식은 눈으로 먹는 것이다

"시대는 변했다. 'Look Good, Feel Good.' 이 아니면 통용되지 않는 세상에 우리는 살고 있다."

음식과는 관계없는 얘기일지 모르지만 '오늘날의 음악 산업에서는 외모가 뒷받침되지 않으면 들어올 필요가 없다.' 는 말이 거의 정설로 굳어지고 있다. 아무리 음악 실력이 뛰어나더라도 말이다.

. 현대는 시각 시대다. 시각의 중요성이 무엇보다 강조되는 시대다. 그가 주장하는 시각, 감각의 중요성은 음식에도 그대로 적용된다. 보기가 민망하면 아무리 맛있는 음식이라도 젓가락질 하기가 쉽지 않은 것이 인지상정이다. 맛있는 음식만 가지고 승부하는 식당은 일류가 아니다. 그저 하나의 식당일 따름이다.

그러나 '아직도 맛으로만 승부를 거는 식당들이 많다. 맛만 있으면 되지, 다른 것이 필요하느냐.' 고 반문하는 사람들이 많다. 이들은 맛에 자신이 없어서 엉뚱한 소리를 하는 것이 아니냐는 예민한 반응을 보인다. 그들에게 '눈으로 먹는' 송추가마골은 귀중한 사례가 될 것이다.

송추가마골의 주메뉴인 갈비와 갈비탕, 그리고 냉면 맛은 자타가 인정하고 있다. 그런 송추가마골에서도 맛만 가지고 얘기하지 않는다. 분위기, 청결, 서비스를 말하는 게 아니다. 음식 표현과 관련한 얘기다.

'음식은 눈으로 먹는 것이다. 입으로 먹는 것이 아니다.'

직원들에게 강조하는 메시지다. 눈으로 먹는 음식의 중요성을 누차 강조한다. 필자가 그를 만나면서 가장 많이 듣는 말 중의 하나가 바로 '음식은 눈으로 먹는다.' 는 말이다.

여기서 눈으로 먹는다는 것은 시각적인 것만을 의미하는 게 아니다. 시각은 곧 감각, 감각적인 것까지 포함한다.

"음식은 모양이 있어야 한다."

"바쁘다고 미리 주방 앞에 찬을 내놓아 마르게 해서는 안 된다. 손님이 왔을 때 찬을 담아도 늦지 않다. 전 같은 것도 미리 부치지 마라. 손님이 오면 바로 부쳐서 나가야 한다."

"음식은 온도의 맛이다. 차가운 음식은 차가워야 하고, 뜨거운 음식은 뜨거워야 한다."

"깍두기를 반달모양으로 해서 손님상에 내보내라. 손님이 보는 앞에서 먹음직스럽게 직접 잘라 주어라."

"절대로 음식을 재사용해서는 안 된다. 재사용하는 음식은 보기가 싫다."

"재사용한다고 비용이 절감되는 것은 아니다. 좋은 음식을 내놓는 데 노력하다 보면 오히려 비용이 덜 든다."

김 회장은 직원들이 음식 배치를 잘못 해도 불호령을 내린다. 보기 좋게 배치하는 게 손님들의 식감을 자극한다고 강조한다.

송추가마골은 열성적인 고객들이 많다. 그들은 거리가 멀고 시간이 부족하다면서도 송추가마골을 찾는 수고를 마다하지 않는다. 그 이유 중 하나가 눈으로 먹는 음식을 내놓기 때문일 것이라고 필자는 생각한다. 맛만 가지고는 어느 누구도 그렇게 열성 팬을 만들 수는 없는 것이다. 눈으로 먹는 음식을 내놓는 것은 단순한 일인지 모른다. 별게 아니라고 할지 모른다. 그러나 이렇게 눈으로 먹는 음식을 강조하고, 실천하는 식당은 보지도 듣지도 못했다. 고객들이 원하고 있는데도 말이다.

송추가마골은 눈으로 먹는 음식으로 그들만의 차별화된 전략을 구사하고 있다. 이는 평범함을 거부하는 일이며, 성공에 이르는 원칙이다.

식당을 하고 싶으면, 식당으로 성공의 길을 걷고 싶다면 평범한 길을 걷지 마라. 평범한 길을 택한다면 당신은 아무 데도 가지 못할 것이다. 비슷한 맛, 비슷한 서비스, 비슷한 직원, 비슷한 메뉴, 비슷한 가격. 이렇게 평범함으로 이루어진 식당은 머지않아 파산에 이를 것이다.

'보기 좋은 떡이 먹기도 좋은 것이다.' 라는 속담의 실천자가 바로 김 회장이다.

송추가마골의 회사 소개와 비전 교육

내부 사정을 잘 안다는 직원들을 대상으로 송추가마골이 실시하는 커리큘럼 중 재미있는 것은 회사 소개와 비전이다. 일반적으로 내부직원들을 대상으로는 쉽게 접근하지 않는 교육내용이다. 그러나 송추가마골 김재민 사장의 생각은 다르다.

"잘 안다고 생각하는 데서 허점이 있게 마련입니다. 회사에 대해서 잘 아는 직원들에게는 더 잘 알게 하기 위해, 잘 알지 못하는 직원들에게는 잘 알 수 있도록 하는 게 이 교육의 목적입니다."

중요하다고 여기는 것은 반복해서 알려 주는 게 좋다. 세계 일류 기업들이 비전을 반복해서 강조하는 것도 바로 이같은 판단 때문이다.

회사소개라 해서 천편일률적인 교육내용을 예상했다가는 헛물을 켜기 마련. 교육의 내용을 들여다보면 상당히 수준 높다는 것을 알 수가 있다. 일전에 실시한 교육의 주요내용을 보면 ① 장기불황의 통계적인 접근, ② 일반 음식점 신규업소 평균 운영기간 연도별 분류, ③ 외식업 경영의 기본, ④ 외식산업의 라이프스타일, ⑤ 번성하는 외식기업의 공통점, ⑥ 망하는 외식기업의 공통점, ⑦ 경영전략 등이다.

필자가 교육내용에서 주목한 것은 회사 중심의 패러다임을 고객 중심의 패러다임으로 바꿔야 한다는 주장이었다. 어찌 보면 식상할 만한 주장을 여러 설명 없이 한눈에 바로 알 수 있게 그림으로 설명했다. 회사 중심을 천동설 브랜드로, 고객 중심을 지동설 브랜드로 설정한 그림은 인상 깊었다. 시각을 활용한 교육은 식상한 것도 새롭게 만드는 묘한 힘이 있다.

4장
김오겸의 리더십

냉면 육수에 물을 붓다

송추가마골이 세간에 널리 알려지면서 손님들이 몰려들었다. 손님들이 몰려든다고 마냥 좋아만 할 것은 아니었다. 하루가 어떻게 지나가는지 모르게 바빴다. 바쁘다 보니 손님들을 정성껏 챙기는 데 조금씩 문제가 생겼다.

종업원들 사이에는 적당히 해도 된다는 생각이 퍼졌다. 김 회장이 손수 나서서 손님들을 접대하기에는 물리적인 한계가 있었다. 종업원들을 야단치고 다루는 것만으로도 만만치 않은 일이었다. 관리자가 보이지 않는 곳에서 종업원들이 손님들에게 어떻게 접대하고 있는지 알 수 없는 일이었다. 그러나 김 회장은 이를 수수방관할 생각은 전혀 없었다.

송추가마골이 본궤도에 오른 2000년 초. 주방에 그가 나타났다. 주방장을 비롯한 주방 식구들은 그의 눈치를 살폈다. 조금은 불안해졌다.

그는 말없이 양동이에 가득 물을 담았다. 그리고는 양동이물을 그대로 냉면 육수에 부었다. 주방 사람들은 아연실색할 수밖에 없었다.

"식구들이 먹는다고 생각해."

한 마디 호통을 치고는 그대로 주방을 나갔다. 송추가마골이 하루에 파는 냉면은 천 그릇 남짓. 주말에는 그 이상이다. 따라서 냉면을 팔지 않으면 고객의 원성을 들을 것이 뻔했고 금전적인 손실 또한 만만치 않을 터였다. 그러나 김 회장의 생각은 달랐다. 사소해 보이는 일일지라도 조금만 소홀히 하면 식당을 위협에 빠뜨릴 수 있다고 판단했다. 그는 고객과 관계되는 일이라면 언제나 무슨 일이든 신중한 태도로 임했다. 한시라도 경솔하게 대했다가는 식당이 무너질 것처럼 행동했다.

"고객과의 신뢰는 사소한 부문이 쌓여 이뤄지는 것입니다. 조금의 실수도 용납돼서는 안 됩니다. 잡초가 더 자라기 전에 뽑아야 합니다."

한달 후 김 회장은 또 한 번 냉면 육수에 물을 부어 버렸다. 이후 주방 사람들은 김 회장이 주방을 방문할라치면 경기를 일으킬 정도로 긴장을 한다.

뛰어난 업적은 오랫동안 꾸준한 노력이 쌓인 것이다. 작은 성취 하나하나는 대단치 않지만 하나로 합쳐지면 뛰어난 실적이 된다. 누구나 순식간에 탁월해질 수는 없다. 점진적 개선이야말로 탁월함을 불러일으키는 중요한 행운 유발요인이다. 그는 역설적으로 사소한 일은 신이 주시는 가장 훌륭한 선물이라고 믿고 있다.

이러한 믿음이 송추가마골을 국내 최고의 식당으로 자리 매김하는 데 기여했다.

"성공이 늘 유지된다는 것은 잘못된 견해입니다. 송추가마골의 성공요인을 꼽자면 세심한 노력을 포기하지 않은 데서 찾을 수 있습니다."

냉면 육수에 물을 붓는 일도 이같은 노력의 일환으로 평가받을 만하다. 사업가적인 리더십은 기회가 나타났을 때 발 빠르게 움직이는 능력, 그리고 단호한 결정을 요구한다.

성공한 사람들은 하나같이 성질이 급한 사람들이다. 문제가 곪을 때까지 기다려서는 안 된다. 성공하려면 신속한 일 처리로 명성을 얻어야 한다. 업무에 '절박감' 을 고취시켜야 한다.

김 회장은 신속히 명확한 결단을 내리는 사람으로 정평이 나 있다. 그는 자기가 무엇을 바라고 있는지를 잘 알고 있는 사람이다. 그 바람을 달성하는 용기를 갖추고 있는 사람이기도 하다.

"대담성은 천재성, 마법, 힘을 내포하고 있다."

괴테가 말한 대담성은 바로 단호한 결단이다. 단호한 결단에는 결코 평범하지 않은 신비스런 힘, 성공의 힘이 내포되어 있다.

일기일회(一期一會)

김 회장은 사람을 중요시한다. 사업에 도움을 준 사람들에게 각별한 애정을 갖고 있다. 성공 비결로 그는 서슴없이 주변 사람을 꼽는다. 백파 홍성유, 《월간식당》의 박형희 사장, 조상희 주방장 등의 이름이 쉽사리 튀어나온다.

홍성유 선생과 관련된 얘기를 하나만 들어보자. 『백설공주』, 『신데렐라』, 『피터팬』 등 동화에 나오는 주인공의 이름은 잘 잊혀지지 않는다. 이름이 예뻐서가 아니라 널리 알려졌기 때문이다. 그리고 이 때문에 더욱 친근감을 갖게 된다.

주 메뉴가 이동갈비였던 1990년대 중반 음식평론가로 유명한 백파 홍성유 선생이 찾아와 쓴소리를 했다.

"이동갈비가 뭐야. 흔해 빠지고 정체도 불분명한 이름을 왜 쓰냐."

그 길로 그는 메뉴판에서 이동갈비를 지워 버렸다. 가마골 갈비가 전격 탄생했다. 분명 어제 판 고기와 오늘 판 고기는 같은데 이름 변경으로 무엇인가 달라 보였다. 이름이 내용을 결정지었다.

가마골 갈비는 '고급갈비', '맛있는 갈비', '한번쯤 먹고 싶은 갈비'의 대명사가 됐다. 남들이 함부로 넘볼 수 없는 카리스마 브랜드가 된 것이다.

《월간식당》의 박형희 사장과의 교우 관계도 남다르다. 이들은 일주일이 멀다 하고 연락을 한다. 각각 실물경제와 이론경제를 대변하고 있는 이들의 만남에 업계에서는 시샘 아닌 시샘 어린 눈으로 쳐다본다. 그러나 서로 밀어 주고 격려해 주는 모습은 여간 아름답지 않다.

"송추가마골이 큰 데는 박 사장의 힘도 많이 작용했습니다. 초창기부터 성장하는 과정에 틈틈이 조언을 해 주고, 교육을 통해 브랜드를 알리는 데 많은 도움을 주었습니다."

그 보답일까. 김 회장은 박 사장의 일에 적극적으로 나선다. 그는 은원관계가 분명한 사람이다. 은원관계가 뚜렷한 사람은 성공할 자질을 충분히 갖고 있다.

그는 필자가 만나 본 CEO 가운데 가장 인간적인 사람 중 하나였다. 바로 그런 품성이 그의 성공에서 중요한 역할을 했다고 믿는다. 인간미는 개인과 기업의 성공에 걸림돌이 되지 않는다. 오히려 장기적인 관점에서 보면 그것이 성공의 비결이다.

김 회장의 성공은 또한 그의 광범위한 인맥, 따뜻한 인간관계가 바탕이 되었음은 두말 할 필요가 없다. 그가 인맥관리에 어떤 의도를 갖고 있는 것은 아니다. 그저 올바른 일이라는, 즐겨 하는 일이라는 생각 때문에 그는 격의 없는 만남을 즐긴다.

피상적인 태도 또한 그를 이해하는 데 도움이 되지 않는다. 그의 행보에는 피상적인 대화, 행동이 없다. 매력적이고 호감이 가지만 마음이 담기지 않은 호의는 피상적일 수밖에 없다는 것이 김 회장의 생각이다. 사람들이 그를 좋아하는 이유도 바로 이같은 피상적인 만남을 싫어하는 김 회장의 기질을 잘 알고 있기 때문이다. 가진 자로서, 사회의 우위에 있는 자로서 거만을 떨지 않고, 앞에 나서기를 꺼려하는 그의 심성에 사람들은 마음을 열어 놓고 있는 것이다. 공손한 행동을 수반하지 않은 공손한 태도는 별로 가치가 없는 것이다.

피상적이라는 단어 외에 사람과의 관계에서 그를 이해할 수 있는 단어는 양보다. 양보는 필연 인내를 수반하게 마련이다.

인내는 묵묵히 시련을 참아 내는 마음이며 양보는 처세의 윤활유와 같다. 인내와 양보는 인간관계의 비결일 뿐만 아니라, 일종의 힘을 나타내며 충실한 마음과 무욕, 용감함의 표현이다. 인내와 양보는 겸허와 미덕, 강장의 품성, 지혜로운 자의 도량이다. 나아가 그것은 일종의 사상이며 경지이다.

그가 지금의 송추가마골에 자리를 잡을 수 있었던 것도 사실은 양보의 결과다. 1990년대 초 송추가마골 본관 자리를 친구와 공동으로 구입한 김 회장. 막상 식당을 차리려고 보니 둘이 하기에는 땅이 비좁았다. 그래서 그는 친구에게 그런 사연을 말하고 자기는 포기할 테니 혼자 식당을 차리라고 했다.

그러나 이번에는 친구가 양보했다. 여러모로 사업성을 검토한 친구가 김 회장에게 그 자리를 양보한 것이다. 욕심이 난다고 자신이 덜컥 혼자 한다고 나섰다면 오늘날 송추가마골은 없었을 것이다.

서로의 만남을 소중히 하라는 일기일회(一期一會). '어리석은 사람은 인연을 만나도 인연인 줄 모르고, 보통사람은 인연인 줄 알면서도 그것을 살리지 못하며, 현명한 사람은 소매 끝만 스쳐도 인연을 살려 낸다.' 는 뜻을 갖고 있다. 성공과 깊은 관련이 있는 말이다.

외식업은 패션산업이다

김 회장은 음식과 패션을 같은 시각으로 본다. 패션에서 중요시 여기는 센스, 속도, 인식의 변화에 대한 대응 등은 그대로 외식업에도 적용된다는 것이 그의 주장이다. 또한 '섹시하다.', '건강하다.', '맵시 난다.' 등의 옷차림에 쓰이는 말이 음식에 적용해도 별 무리가 없다는 설명이다. 그중에서도 그가 주목하는 키워드는 변화다.

"패션산업의 성패는 결국 변화에 어떻게 대응하느냐에 달려 있습니다. 그런 점에서 요식업은 패션산업과 마찬가지입니다."

그런 그도 외식업이 패션산업이라는 것을 깜빡 잊고 난관에 봉착한 적이 있다.

1993년 송추가마골의 문을 열고 나서다. 십여 년간 해 온 갈비장사에 진력이 났다. 무엇보다 고기를 구울 때 나는 연기가 질색이었다. 기름때는 어떤가. 새 건물에 식당을 차린 지 일년도 채 안 돼 벽면에 닥닥 붙은 기름때가 너무 보기 싫었다. 바쁘다는 핑계로 하루

이틀 청소를 하지 않으면 어느새 벽면이 까맣게 기름때로 더러워지게 마련이다. 마진도 박하고 일이 너무 많은 것도 싫었다. 그는 처음으로 얻은 자신의 새 건물에서는 갈비장사를 하지 않겠다고 다짐했다.

선택한 것이 한정식집. 전국의 유명하다는 한정식집을 찾아가 보며 나름대로 확신을 가졌다. 사실 그 확신이라는 것은 우아하고, 깨끗한 아이템이라는 판단이 지배한 오판이라는 것은 얼마 지나지 않아 깨달았지만. 한정식은 무엇보다 버려지는 음식이 많았다. 한정식에 나오는 음식이 각각인 것처럼 사람마다 입맛도 제각각이었다. 모두를 만족시키는 메뉴를 만드는 것은 불가능한 일이었다. 매출도 일정액 이상으로 올라가는 법이 없었다. 하루 장사하고 나서 다음날 필요한 물건을 사고 나면 남는 것이 없었다. 바삐 움직이는데도 불구하고 식당을 유지하기가 어려울 정도였다.

한정식을 포기하고 등심, 장어 등을 취급하다가 결국 오늘을 있게 한 이동갈비로 정착한 것은 앞서 얘기한 대로다. 여기서 중요한 것은 사람들의 인식변화를 빨리 읽었다는 것이다. 고객이 무엇을 원하고 있으며, 시장의 변화는 무엇인지를 캐치한 능력이다. 그리고 그러한 인식변화에 적극 대응한 자세다.

외식업을 포함, 다양한 업종에서 고전을 면치 못하고 있는 CEO들의 공통점은 그들 대부분이 자신들의 사업 실패 원인을 찾지 못하고 있다는 점이다. 그러나 그것은 어찌 보면 간단한 일인지 모른다. 소비자 입장에서 찾으면 된다. 그러나 실패했거나 실패가 진행 중인

CEO들은 대부분 변화하는 소비자들을 좇아가는 대신 자신들이 해왔던 방식들을 더 강력하게 추진하려고 했다. 이는 용감하기는 했지만 어리석은 시도다.

변화에 대한 감지 속도가 늦을수록 타격이 크다는 사실을 알아야 한다. 과거에 집착하고 미련을 두는 것은 또 다른 변화를 알아차릴 수 없는 과오를 남긴다. 결국은 파산뿐이다.

김 회장은 당시를 생각하면 지금도 가슴을 쓸어내린다. 자신은 일찍 작은 변화를 알아차렸다는 데 자부심을 갖고 있다. 작은 변화를 알아차리는 사람은 큰 변화에 쉽게 적응할 수 있는 것이다.

송추가마골이 국내 제일의 식당으로 평가받는 지금도 김 회장이 변화의 조짐에 대한 긴장을 늦추지 않는 것은 이 때문이다. 그는 변화에 대한 대응이야말로 기업을 성장시키는 강력한 요소라는 것을 피부로 깨달은 사람이다.

그가 말하는 음식과 패션은 어떤 관계일까.

"사람들은 바로 이 순간 옷차림을 보고 '섹시하다.' 라고 말합니다. 마찬가지로 사람들이 우리 송추가마골 음식 맛을 보고 '섹시하다.' 라고 말하는 것을 듣고 싶습니다."

섹시하려면 항상 달라야 한다. 조금씩이라도 변해야 한다. 어제와 똑같은 옷을 입고 온 사람에게는 '섹시하다.' 라고 말하지 않는다. 송추가마골도 마찬가지다. 매일 조금씩이라도 변화하려고 시도한다. 한때의 성공을 고수하려는 것이 아니라 상황에 맞는 변신을 끊임없이 추구하는 것이 송추가마골의 행동강령이 되어야 한다고 김 회장은 굳게 믿고 있다. 고정된 성공법칙은 설화 속에 나오는 옛날이야기에 불과하다.

세계 최장수기업 스웨덴의 '소토라도'를 살펴보자. 중세부터 산업혁명과 제1,2차 세계대전을 거치면서 변신과 변신을 거듭하며 살아남았다. 증기를 활용한 내연기관을 생산공정에 활용하기 시작한 이후, 전기 마이크로칩 등 첨단 IT기술에 이르기까지 변신을 거듭하며 제지산업의 경쟁력을 유지하고 있다. 장수한 기업의 비결은 변화하는 시장 환경에 얼마나 빠르게 대응했느냐에 달려 있다. 반면 변화에 민감하지 못한 기업은 세상에서 빠르게 사라진다. 공룡이 백악기 말의 추위를 견디지 못하고 사라진 것처럼. 변화는 업종을 불문하고 기업을 살리고 죽이는 주요한 계기가 된다.

사태를 지나치게 분석하지 말라

성공의 제일선은 수읽기라는 데 동의하지 않는 자는 없을 것이다. 상황인식과 판단의 정확성은 모든 성공의 기초다. 정확한 수읽기가 이토록 중요한데 우리는 이를 남에게 맡기는 경우가 있다. 소위 전문가집단, 또는 대세에 맡긴다. 커다란 오산이다. 천추의 한을 남길 수도 있다.

국제금융위기(IMF) 와중인 1998년 10월. 송추가마골은 본관 증축 공사에 들어갔다. 바로 몇 달 전인 1998년 8월, 송추, 장흥은 수십 년 만에 대홍수를 만났다. 많은 수의 이재민을 냈고, 사상자도 나왔다. 수많은 가축이 사라졌고, 수많은 가옥이 파괴됐다. 쓰레기 더미만 치우는 데 몇 달, 도로복구 등 홍수 이전상황으로 돌아가는 데만 무려 반년이 걸린 물난리였다.

홍수는 많은 것을 변화시켰다. 무엇보다 송추, 장흥의 이미지가 나빠졌다. 복구과정이 길어지면서 사람들은 송추, 장흥을 잊어 갔다. 특히 일산의 백마역 유원지로 손님들을 빼앗겼다.

장흥유원지에 모텔이 너무 많이 들어선 것도 문제였다. 장흥유원지가 퇴폐 이미지로 변한 것이다.

한 마디로 시기가 좋지 않았다. 좋지 않은 정도가 아니라 최악의 상황이었다. 그러나 김 회장은 송추가마골의 대대적인 신축을 결정하고, 이를 강행했다. 기존 시설의 배 이상 되는 규모였다. 그동안 번 돈을 모두 투자하는 대공사였다. 주변의 업소들이 문을 닫거나 축소영업을 하던 것과는 정반대로 간 것이다.

"주변에서는 모두들 미쳤다고 하더군요. 사실 미쳤습니다. 미쳤으니 그런 결정을 했고요."

그가 미친 결정을 내린 데는 나름대로 이유가 있었다. 송추, 장흥유원지를 찾는 사람은 줄어들었어도 송추가마골의 영업에는 별다른 차이가 없었다는 것이 김 회장에게는 무엇보다 중요했다. 단골고객의 이탈도 그리 눈에 띄지 않았다.

'대홍수로 송추의 이미지가 실추됐다. 장흥유원지는 퇴폐의 이미지가 강해졌다. 인근의 유원지가 대체 유원지로 각광을 받는다. 그럼에도 불구하고 송추가마골은 별다른 타격이 없다. 장흥유원지의 퇴폐 이미지는 어쩔 수가 없다 해도 홍수로 인한 이미지는 시간이 흐르면 퇴색된다.'

'IMF라 해도 잘 되는 곳은 잘 된다. 그리고 경기는 사이클이 있다. 저점에 와 있다. 시기는 점칠 수 없지만 상승국면으로 반드시 전환할 것이다.'

주변 사람들에게 "걱정하지 말라, 자신을 믿어라." 했지만 그도 사실 혼자 있을 때면 걱정이 됐다.

다시 밑바닥에서 시작해야 하는 것은 아닌가 하는 두려움에 떨기도 했다. 그러나 '잃는 것이 두려워 하던 일을 중단한다면 영원한 패자가 될 것' 이라고 자신을 다독거렸다.

"사태를 지나치게 분석하지 말고 두려움으로 자신을 혼동시키지 말라고 스스로 동기 부여를 했습니다. 두려움 때문에 좋은 기회를 외면하는 우를 범하고 싶지 않았습니다."

진부한 말을 하나 해 보자. '용감한 자에게 행운이 따른다.' 진부하고 평범한 얘기일 수 있다. 그러나 평범한 곳에 진리가 있다. 우직한 진리다.

'용기는 미덕 중의 미덕이다. 모든 미덕이 그 위에서 이뤄진다.' 제2차 세계대전을 승리로 이끈 윈스턴 처칠의 철학이다. 『노인과 바다』로 노벨문학상을 받은 헤밍웨이는 용기를 '가능한 결과를 무시하는 능력' 이라고 정의 내렸다.

진정한 용기는 두려움을 모르는 것이 아니라 무시무시한 두려움을 이겨 낼 줄 아는 것이다. 그는 용기 있는 결정을 내렸고, 두려움을 극복했다.

1999년 1월 1일. 증축된 식당건물을 오픈했다. 조심스런 마음으로 문을 열었다. 문을 열자마자 밀려드는 손님. 도로는 하루 종일 북새통을 이뤘다.

"위험을 무릅쓰고 도전하는 것이 최상의 지혜인 시기가 있습니다.

그때가 그랬습니다. 오늘의 송추가마골을 있게 한 도전이었습니다."

용기라 표현했지만 이 대목은 김 회장의 남다른 직관력을 볼 수 있는 부문이다. 직관력이 뛰어난 사람들은 미래를 생각하고 가능성을 상상하고 큰 그림을 볼 줄 아는 능력을 갖추고 있다. 직관력이 뛰어난 사람은 겉으로 서로 관련이 없어 보이는 답변에서 공통의 분모를 쉽게 찾아낸다.

직관력의 품격을 가늠하는 기준은 타이밍이다. 싸워야 할 때와 양보해야 할 때, 뛰어야 할 때와 기다려야 할 때, 그리고 모험을 시작해야 할 때를 아는 사람은 비상한 직관력을 갖고 있다고 할 수 있다. 직관이 발달했다는 말은 에너지의 충만도가 높은 상태에서 어떤 결정을 내리게 된다는 것을 의미한다. 앞서 얘기한 대로 전문가들의 분석과 대세는 직관과 무관하다.

고향에 가지 않으리

첫 직장은 서울노트사. 당시 종업원만 천 명을 헤아리는 종합 문구회사였다. 그가 첫 월급을 타고 첫 번째 한 일은 광(光)나는 양복을 맞추는 것이었다. 광나는 옷을 입은 직장상사의 모습이 너무 보기 좋았던 모양이었다. 광나는 옷을 맞춰 입기에 한 달 월급으로는 부족했다. 그는 나중에 차액을 주기로 하고 일단 맞춰 입었다. 때 맞춰 다가온 추석에 고향에 내려가기 위해서였다.

그는 광나는 옷을 입고 고향인 충남 부여군 석성면 연화마을을 찾았다. 고향 어른들은 '서울 간 오겸이가 출세했다.' 고 축하해 줬다. 부모도 그를 흐뭇한 눈으로 바라봤다. 제대로 가르치지 못했는데도 서울 가서 출세한 아들이 자랑스러웠다.

반면 그의 마음은 조금 씁쓸했다. 어린 나이지만 자신의 행동이 치기 어린 행동이라는 것을 잘 알고 있었기 때문이다. 또한 고향사람들도 진정으로 자신을 축하하는 것이 아니라는 것을 알고 있었다. 단지 마을의 젊은이가 '빛나는 옷' 을 차려입고 온 것에 대한 인사치

레였을 따름이다.

'광나는 옷 해프닝'은 스무 살이 되기 전 일어난 사건이었다. 그러나 이러한 해프닝 뒤에는 김오겸의 커다란 야망이 숨죽이고 있었다는 사실은 아무도 알지 못했다. 청년 김오겸의 가슴속에만 꼭꼭 숨어 있었다. 이 야망은 그로부터 십수 년이 지난 뒤 현실화된다.

세월이 흘러 그동안 군대도 갔다 오고, 아이들도 생겼다. 엘리베이터 기술자로 중동의 건설현장도 다녀왔다. 그리고 차린 것이 송추가마골의 시작으로 볼 수 있는 마포갈비다.

어렵게 자신의 식당을 열면서 다짐했다. 골백번 다짐했다. 그가 다짐한 목표는 다름 아닌 '고향에 가지 않으리. 금의환향(錦衣還鄕)하리라.'는 것이었다.

스무 살도 채 되지 않은 어린 나이에 광나는 옷을 입고 고향 땅을 밟았던 김 회장, 이제는 정말 고향사람들의 진정 어린 찬사를 받고 싶었다. 그는 실질적인 금의환향으로 자신의 가치를 증명해 보이고 싶었다. A. H. 매슬로의 인간의 욕구 중 가장 높은 경지가 자아실현 욕구가 아니던가. 김 회장에게는 금의환향이 바로 자아실현이었다.

"반드시 돈을 벌어 고향에 돌아가리라."

고향을 찾지 않은 채 한 해가 지나갔다. 또다시 한 해가 흘렀다. 그러나 그는 고향으로 눈길조차 주지 않았다. 고향에서 사람이 찾아와도 눈 하나 까딱하지 않았다. 그가 다시 고향땅을 밟은 것은 외식업에 뛰어든 지 8년 만인 지난 1988년. 88서울올림픽으로 온 나라가 들끓을 때였다. 그동안 김 회장은 마포갈비를 거쳐 우이동갈비 운영으로 상당한 돈을 모았다.

그는 말 그대로 금의환향했다. 큰길가에서부터 마을 안까지 약 일킬로미터의 길을 자신의 돈으로 도로포장을 하고 고향땅을 밟은 것이다. 동네사람들은 이번에는 진짜 놀라운 눈으로 그를 바라보았다. 처음 광나는 옷을 입고 고향땅을 밟았던 청년 김오겸은 어느새 40을 훌쩍 넘은 중년으로 변해 있었다.

김오겸을 바라보는 고향 어른들의 눈이 기대와 부러움으로 가득 찬 것은 물론이다. 오랜만에 고향에서 인재가 나왔다고 잔치를 벌였다.

김 회장은 이같은 마을 사람들의 기대를 저버리지 않았다. 훗날 송추가마골이 자리를 잡자, 그는 먼저 고향에서 생산되는 쌀을 매년 전량 수매하고 있다. 송추가마골에서 쓰는 쌀은 모두 김 회장의 고향 마을에서 재배한 것이다. 그리고 마을의 큰 행사에는 김 회장이 항상 도움을 주고 있다.

여기서 주목하고 싶은 것은 꿈이다. 꿈은 인생을 발전시키는 버팀목이자 디딤돌이다. 누구나 꿈을 꿀 수 있다. 부와 권세와 신분에 상관없이 꿈을 꾼다. 그러나 그 꿈을 이룬 사람은 그리 많지 않다. 세월이 흐르면서 일부는 변질되고 일부는 흔적도 없이 사라진다.

사업은 꿈으로 시작한다. 그러나 그 꿈은 현실에 직면해서 움츠러들고 부서지는 경우가 많다. 그럴 때일수록 정열과 신념을 가지고 그 꿈을 현실화시키는 의지를 갖춰야 한다.

승자들은 의지를 말한다. 반면 패자는 욕구를 말한다. 꿈이 깨지고 부서지는 이유는 의지가 없고, 욕구만 있기 때문이다. 의지를 갖고 있느냐, 욕구만 있느냐에 따라 승자와 패자를 가늠할 수가 있다. 욕구는 반드시 행동으로 표출되는 것은 아니다. 그러나 의지는 행동을 유발시킬 수 있을 정도로 강하다. 이 둘의 차이는 '나는 밥 먹으러 간다.' 와 '나는 밥 먹고 싶다.' 고 하는 말의 차이와 같다.

당연히 김 회장은 의지를 갖고 있었다. 그것도 강렬한 의지 말이다. 그는 승자가 되기를 원했다. 고향땅을 곁에 두고 가지 않을 정도로 독한 마음을 먹고 벌인 게임에서 승자가 되기를 강렬히 원한 것이다. 강렬한 의지는 행동을 수반하게 마련이다. 김 회장의 의지와 행동이 금의환향을 가능하게 한 것이다.

의지를 갖고 있으면 행동을 유도할 수가 있다. 목표를 향한 행동의 반복은 마음속의 내적인 태도를 바꾼다. 그 결과 삶의 외연도 바뀌고, 성공은 자연스레 따라오는 것이다. 따라서 성공하고 싶다면 '세상을 적어도 그 일부만이라도 내 뜻대로 만들어 보겠다.' 는 강렬한 의지가 있어야 한다. 성공한 사람들은 자신의 목표를 이루기 위해 의지를 갖고 부단히 자신을 채찍질한 사람들이다.

"한이 맺혀 사는 게 싫었습니다. 그래서 돈을 벌어야만 했지요."

고향에 가지 않으리라는 결심에는 가난 속에서 무력해지는 삶이 싫어 그것에 처절하게 저항하고 싶은 김오겸의 의지가 숨어 있는 것이다. 그러고 보면 궁핍은 그의 의지의 근원인 셈이다.

'무일푼 상태의 전율을 한 번도 경험해 보지 못한 사람은 불운아이다.'

에드워드 보크의 말을 이 대목에서 적용해 보는 것은 재미있는 발상이다. 김오겸의 경우 가난은 의지와 결합하면 무서운 힘을 발휘하기 때문이다.

"혹자는 요란을 떨며 살 필요가 있느냐고 말하겠지만 그러한 삶은 별로 바람직하지 않습니다. 요란하지는 않지만 세상에 자신이 태어났음을 증명해야 합니다."

빠른 것이 느린 것을 잡아먹는다

1999년 1월 송추 본관 증축으로 손님들이 대폭 늘어났다. 손님이 늘어나는 것은 좋은데 김치 등 부자재 공급이 원활하지 못했다. 가격도 들쑥날쑥했지만 품질면에서 우려가 됐다. 여기저기서 물량을 공급받다 보면 품질 저하는 불을 보듯 뻔했다.

무엇보다 품질을 중시하던 김 회장으로서는 결단을 내려야 했다. 그것은 직접 김치공장을 짓고, 직접 생산을 하는 것을 말한다. 결심한 이상 오래 끌지 않는 것은 김 회장의 특질, 그 특질이 유감없이 발휘됐다.

인근에 김치공장 부지를 매입하는 동시에 설계에 들어갔다. 허가를 채 받기도 전에 공사업체도 선정했다. 설계, 허가, 공사업체 선정과 공사시공이 단 일주일 상관에 이루어졌다. 허가는 이후에 받은 것은 물론이다.

군사시설지역에 묶인 김치공장 부지. 지상건물을 지을 수 없고 지하 층만 사용하게 돼 있어 별다른 설계, 시공이 요구되는 것은 아니지만 김치공장을 계획하고 설계, 시공, 건립하는 속도는 유별났다. 사람들은 그 신속한 진행에 입을 다물지 못했다. 급한 성격을 보여준 대표적인 사례로 꼽지 않을 수 없다.

이같이 급한 성격은 그가 사업을 하는 과정 곳곳에서 발견된다.

오전에 지시한 일의 진행 여부를 오후에는 반드시 확인했다. 진행이 안 됐을 경우에는 불호령이 떨어지는 것은 물론이다. 불호령에 종업원들이 눈물을 쏙 빼는 일이 한두 번이 아니었다. 사정상 체크를 못 했을 일부 직원들은 서운하기도 했을 것이다.

그러나 속도가 경영의 중요한 부문이라는 것을 누구보다도 잘 아는 김 회장으로서는 당연한 불호령이었다. 김 회장은 재빠르게 결단을 내리고 여간해서는 그것을 변경하지 않는다. 우유부단함과 질질 끄는 것을 생리적으로 싫어한다.

신속히 명확한 결단을 내리는 사람은 자기가 무엇을 바라고 있는지를 잘 알고 있는 사람이다. 빠르고 단호한 결단은 지도자의 중요한 자질이다.

속도는 성장의 중요한 척도가 되고 있다. 성공한 사람, 성공한 기업은 속도의 우세를 가지고 있다. 비즈니스는 시간을 사는 것과 같다. 한달 내에 할 수 있는 일을 일년에 걸쳐서 하고 있다면 경쟁사를 결코 이길 수 없다. 기업의 성장사에서 속도를 중시하는 사례는 자주 발견된다.

도미노피자를 예로 들어보자. 1980년대 초까지만 해도 거의 아는 사람이 없던 도미노피자는 오늘날 미국 전역에서 두 번째로 큰 피자체인점이 됐다. 주문한 지 30분이 경과하면 3달러를 준다는 슬로건으로 피자업계에서 속도의 패러다임을 포지셔닝하는 데 성공했다.

UPS는 어떤가. 1971년 UPS는 이틀 안에 화물을 집으로 운송하겠다고 선언했다. 당시로써는 혁명적인 발상이었다. 이후 다음날 정오, 그리고 다음날 오전 10시 30분까지로 점차 속도를 강화시켰다. 1985년에는 바코드시스템을 개발, 고객이 요구하면 30분 안에 화물의 실시간 운송위치까지 파악하기에 이르렀다.

컴팩 컴퓨터는 속도경영에서 승리와 패배를 경험한 특이한 사례다. 이들은 속도로 성공했고, 속도 때문에 낙오자가 됐다. 컴팩이 더 빠른 칩(인텔의 386)을 채용함으로써 IBM을 따돌렸듯이, 컴팩은 자신보다 인터넷을 더 빨리 채용한 델에게 잡혀 사라지고 말았다. 이 모든 일들은 빠르게 진행됐다.

"종래 큰 것이 작은 것을 잡아먹던 세상은 이제 빠른 것이 느린 것을 잡아먹는 세상이 되었다."

김승연 한화그룹 회장이 지난 연말 속도경영을 선언하면서 한 말이다. 김오겸 회장의 경영은 속도경영이다.

당신의 세계에 남이란 없다

송추가마골이 자리를 잡아 가자 주변에서 시기하는 사람들이 많이 생겨났다. 직접적인 이해관계자부터 권력자(?)들의 횡포도 만만치 않았다. 허가를 받고 장사를 버젓이 하고 있는데도 공공연히 송추가마골을 죽이겠다고 벼르는 사람들로 김 회장은 골머리를 앓았다. 그들의 수작이란 허가상의 문제, 영업상의 문제를 샅샅이 파헤쳐 투서, 고발하는 것이었다. 언론을 통한 보도도 있었다.

이들이 이런 추태를 부리는 것은 일부는 시기심, 그리고 일부는 자신에게 상납(?)을 하지 않은 괘씸죄 때문이었다.

김 회장은 그럴 때마다 그들을 찾아가 설득했다. 예를 들어 신문에 기사가 실리면 담당기자를 찾아가 설명을 했다. 설명하는 과정에서 대부분의 사례는 오해임이 밝혀졌다. 송추가마골의 비리를 파헤친다고 벼르던 기자도 김 회장을 만나고 나면 자신들의 생각이 짧았다고 인정하게 됐다. 일부 기자는 송추가마골을 적대시하는 일부 사람들의 얘기를 듣고 쓴 기사였다고 오히려 고백하기도 했다. 물론 기자들이 김 회장의 말 한마디에 이런 고백과 자백을 하는 것은 아니다. 김 회장의 진솔한 태도를 보고 감명을 받는 것이다. 그리고는 자신도 모른 채 김 회장의 추종자 아닌 추종자가 되는 것이다. '적군이 아군이 되는 격' 이다.

김 회장에게는 묘하게 사람들을 설득하는 힘이 있다. 사람들을 끌어들이는 매력이야말로 그의 카리스마의 한 부문이다.

모 군부대 인사는 송추가마골이 자리를 잡아 가는 과정에서 두고두고 김 회장을 괴롭혔다. 공공연히 송추가마골을 망하게 한다고 떠들고 다니면서 자신의 부하를 동원, 송추가마골의 허가상의 문제, 영업상의 문제를 캐기 시작했다. 캔다고 나올 것은 없었다. 이럴 경우 대부분의 사람은 그러면 그러라고 하면서 놔둔다. 오히려 자신을 괴롭히는 사람에게 악감정을 품게 되는 게 인지상정이다.

김 회장의 행보는 남달랐다. 찾아가 설득하고, 또 찾아가 설득했다. 도와달라고 요청했다. 그는 김 회장의 요청을 뿌리쳤다. 정성을 기울이는데도 받아 주지 않으면 난감하다. 남들 같으면 '그래, 네가 한번 해봐라.' 하고 악감정을 가질 수도 있다.

털어서 먼지 안 나는 사람은 없지만 치명적인 오류는 범하지 않은 김 회장. 그만둘까도 생각해 봤다. 무슨 이런 사람이 있는가 하는 섭섭함도 있었다. 그러나 예서 그만둘 그가 아니다. 오기도 생겼다. 문전박대하는 그의 집을 찾았다. 술좌석도 여러 번 가졌다. 그를 만나기를 수십 차례. 결국 그 사람도 마음을 움직였다. 그리고는 오히려 송추가마골을 돕는 처지로 변했다.

"지금은 그 친구와 호형호제하며 지냅니다."

오늘의 송추가마골이 있기까지 이런 일이 비일비재하다. 그럴 때마다 김 회장이 보여 준 행태는 특이했다. 자신을 해코지 하는 사람을 설득, 자신의 친구로 만드는 것이다. 그리고 이런 설득이 먹히지 않는 법이 한 번도 없었다.

"오른뺨을 때리면 왼뺨을 내밀었지요. 이런 식으로 생각하고 행동했습니다."

김 회장의 독특한 리더십을 볼 수 있는 대목이 바로 이런 부문이다. 그에게 모든 사람은 친구일 뿐이다. 적은 어디에도 없는 것이다. 그의 인간관계가 송추가마골의 근간이 됐다는 점을 누구도 부인하지 못할 것이다.

"적대감을 갖고 있는 상대방이 있다면 먼저 욕심을 버리고 상대방에 대한 관심과 존경의 표시를 합니다. 그리고 어떤 식으로든 그에게 도움을 요청합니다."

그가 적을 친구로 만드는 비법이다.

미국 독립전쟁 전후의 정치가이자 발명가인 벤자민 프랭클린. 그는 한 냉혹한 적수를 평생의 친구로 변화시켰다. 당시 청년인 프랭클린은 모든 재산을 작은 인쇄 공장에 투자한 상태였다. 그의 적수는 인쇄소를 경영하는 그를 끈질기게 괴롭혔다. 경영에 지장을 받을 정도였다. 그는 방법을 마련해야 했다. 먼저 자신의 처지를 활용, 필라델피아 의회의 서기관이 되어 문서 작업을 담당했다. 그리고는 그

직위를 빙자, 적수를 찾아갔다. 그가 갖고 있는 진귀한 책에 대한 찬사를 먼저 늘어놓고, 책을 빌려달라고 요청했다. 이후 적수가 친구로 변한 것은 물론이다.

프랭클린이 죽은 지 벌써 150년이 지났지만 그가 사용한 심리적인 방법 즉 다른 사람에게 도움을 요청하는 방법은 여전히 적대감을 해소하는 효과적인 수단으로 쓰일 수 있다. 가장 이상적인 인간관계는 적을 친구로 만드는 것이다. 이러한 전형을 송추가마골 김오겸 회장에게서 찾을 수 있다는 것은 즐거운 일이다.

"우리가 남이가."

술자리에서 김 회장이 즐겨 쓰는 말이다.

그렇다. 그를 지켜보면서 느낀 것은 '그에게 모든 사람은 친구' 였다는 것이다. 적은 없다. 그의 세계에 남이란 없다. 아직 만나지 않은 친구들이 있을 뿐이다. 아주 많은 친구들 말이다.

상하향식 덕트의 발명

1970년대 영화를 보면 부연 연기 속에서 고기를 굽는 장면이 곧잘 나온다. 배우들이 연신 얼굴을 찡그리며 소주잔을 기울이는 모습을 쉽게 볼 수 있었다. 영화 속이 아니더라도 40대 이상의 사람이라면 매운 연기 속에서 눈물을 흘리며 고기를 구워 먹은 기억이 있을 것이다.

여름에는 문이라도 열고 고기를 구울 수 있지만 한겨울에는 문도 열지 못했다. 당시 겨울은 요즘의 겨울과는 달리 혹독한 추위의 연속이었다. 난방시설이 잘 된 것도 아니어서 추운 곳에서 연신 고기를 구우면서 눈물을 훔쳐야만 했다. 연기가 자욱하면 아무리 추워도 문을 활짝 열고 연기를 배출해야만 했다. 달리 방법이 없었다.

그러던 게 어느 시점부터 연기로부터 해방됐다. 바로 덕트 시설이 보급되면서부터다.

고깃집에 가면 연기를 빨아들이는 덕트 시설을 흔히 볼 수 있다. 연기를 위로 빨아들이는 것을 상향식 덕트, 밑으로 빨아들이는 것을 하향식 덕트라 부른다.

1980년대 초반만 해도 덕트 시설은 흔히 볼 수 없었다. 당시만 해도 덕트가 개발되어 있지 않았기 때문이다. 1980년대 초반에 개발된 덕트는 1990년대 들어 본격적으로 보급되기 시작했다. 덕트는 위대한 발명가가 만든 것이 아니다. 필요에 의해 만들어졌다. 김오겸 회장이 필요해서 만든 것이다.

그는 엘리베이터 시공기술자였다. 세계에서 가장 크다는 사우디아라비아의 아파트 현장에 투입된 엘리베이터 시공기술자로 시급을 남보다 거의 두 배 정도 받았다. 일류기술자란 얘기다.

그래서인지 그의 손재주는 남다르다. 식당을 하는 데 필요한 시설은 대부분 그의 머리에서 설계돼 나왔다.

지난 1981년 김 회장이 식당 문을 열고 처음 개발한 것이 바로 덕트다. 식당 안은 항상 만원. 그러다 보니 문을 열 수 없는 한겨울에는 영업시간 내내 연기로 가득 차 있었다. 더구나 좁은 식당이라 연기의 농도가 남달랐다. 연기 때문에 손님들은 자리에 오래 앉아 있지를 못했다. 당장 돈을 벌어야 하는 김 회장으로서는 이를 두고 볼 수가 없었다.

"열 평 남짓한 식당에는 항상 연기가 가득 차 있었지요. 연기를 제거하지 않고는 식당일을 할 수가 없었습니다."

그는 공기를 빨아들이는 팬(Fan, 통풍시설)에 주목했다. 팬의 원리를 활용, 연기를 빨아들이는 시설을 만들었다. 상향식 덕트의 출발이다.

우이동갈비 시절에는 한 번에 많은 고기를 구울 때가 많았다. 고기를 구워 배달해 달라는 요청이 자주 들어왔다. 주문 양도 많았다. 대신 주문 시간은 빠듯했다.

그러나 구울 수 있는 도구는 연탄난로뿐. 연탄뚜껑을 열고 고기를 굽다 보니 연기가 만만치 않았다. 하루는 연탄뚜껑을 열고 석쇠를 여러 개 눌러 놓았다. 이때 연기가 밑으로 빠지는 현상이 목격됐다. 그 길로 그는 함석기술자를 불러 모형을 만들었다. 하향식 덕트의 출발이다.

오늘날 우리는 김 회장이 만든 덕트의 덕을 톡톡히 보고 있다. 삼겹살집이나 갈빗집에 가서 우리는 눈을 찌푸리지 않고 고기를 구워 먹을 수 있다. 참고로 송추가마골에는 상향식, 하향식 덕트가 없다. 수냉식 로스터기로 연기를 잡아 내고 있다.

그의 손재주를 설명하려고 덕트 사례를 든 것은 아니다. 그는 항상 자신이 필요로 하는 것이 무엇인지, 고객이 필요로 하는 것이 무엇인지에 몰두하고 있다. 어떤 필요성이 제기되면 곧바로 행동에 옮긴다. 주변에서 구할 수가 없으면 몸소 만들어 낸다. 어떤 경우든 그의 촉각을 벗어날 수가 없다. 필요에 대한 즉각적인, 긍정적인 반응이야말로 김 회장 특유의 기질이다.

인류의 역사는 발명의 역사다. 사업의 역사 또한 발명의 역사다. 발명은 필요에서 출발한다. 석기시대 돌도끼부터 디지털시대의 슈퍼컴퓨터까지 인류의 삶을 향상시킨 아이템, 사업의 흥망을 갈랐던 아이템은 바로 필요에서 나왔다. 편리함을 추구하는 인간의 욕망이 사라지지 않는 한 필요는 계속해서 발명품을 생산해 낼 것이다. 사업의 지평도 그만큼 넓어질 것이다.

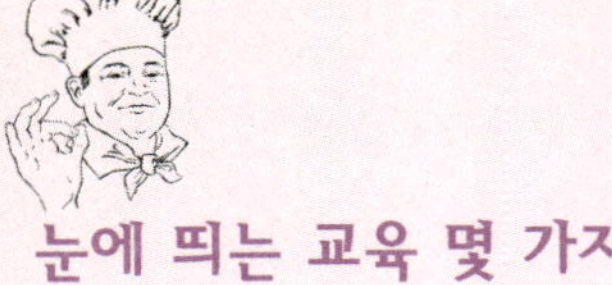

눈에 띄는 교육 몇 가지

2006년도 송추가마골 교육 중 눈에 띄는 교육이 몇 가지 있다. 1월의 '변화와 혁신의 시대의 리더십', 3월의 '인간 상호관계 기술향상 교육', 4월의 '에버랜드 서비스 리더십 교육'과 '조직활성화 교육', 6월의 '성공하는 이미지 메이킹 교육', 11월의 '서비스 화법', 12월의 '위기 대처대응 교육' 등이 바로 그것이다.

최근 국회의원 성희롱 사건으로 부각되고 있는 '성희롱 예방법'도 눈에 들어온다.

'성공하는 이미지 메이킹 교육'에서는 첫인상을 남길 수 있는 기회는 단 한 번뿐이라면서 첫인상의 중요성을 강조한다. 그러고 보니 송추가마골을 다녀온 고객들의 말을 종합해 보면 첫인상이 남달랐다고 한다. 고객이 송추가마골에서 느끼는 첫인상은 우선 주차장에서 시작된다. 대기실 인상에 이어 고객을 담당하는 종업원의 미소에서 첫인상이 대부분 좌우될 것이다. 주차장에서 자리로 안내되는 이 코스에서 송추가마골은 거의 승자로 기억된다. 물론 이같은 교육은 매년 있어 왔지만 내용은 매번 다르다. 강사가 다른 것도 있지만 일년이란 경험이 그대로 교육에 녹아 있기 때문이다.

'인간 상호관계 기술향상 교육'에서는 효과적인 대화와 커뮤니케이션이 주 내용. 경청의 중요성, 경청의 3요소, 적극적인 경청의 기능 등을 다루며, 상사와의 관계 — 동료와의 관계 — 후배와의 관계 등을 어떻게 하면 효과적으로 만들 것인지를 구체적인 예를 들어 교육한다.

'에버랜드 서비스 리더십 교육'은 외부인 에버랜드 서비스 아카데미로 가서 받는 출장교육이다.

비전기업은 느슨하지 않다

얼핏 보면 다른 곳보다 친절하다고만 느낄 것이다. 그러나 센스 있는 사람이라면 그 이상의 것이 송추가마골에 있다는 것을 어렵지 않게 알 수 있다.

생동감이다. 그런 감정을 느끼게 하는 것은 바로 직원들이다. 직원들의 빠릿빠릿한 행동과 명랑한 말투는 송추가마골을 새롭게 보이게 만든다. 그게 송추가마골의 장점이자 경쟁력이다.

직원들의 행동을 가만히 살펴보면 좀처럼 나태한 경우를 찾을 수 없다. 서빙, 카운터, 주방, 주차장, 공장 등 어디를 가 봐도 직원들의 행동에는 절도가 있다. 한마디로 민첩하고 생동감이 넘친다.

필자는 송추가마골 사람들의 특질 중 하나를 꼽으라면 '이기려는 열망'을 든다. 이긴다는 단어는 적절치 않을 수 있다. 승부할 그 무엇도, 대상도 없는 식당에 스포츠용어는 어울리지 않는다. 그러나 송추가마골 종업원들이 보여 주는 '서비스'에서 필자는 묘한 승부욕을 본다. 국내 최고의 서비스를 보여 주려는 열의가 가득 차 있기 때문이다. 여느 업소에서 쉽게 받을 수 없는 서비스를 위해 그들은 서로 경쟁을 벌인다. 그렇다. 경쟁 상대는 직원들 서로간이다. 이기려는 열망은 바로 생동감이다.

생동감은 어느 조직에서나 쉽게 볼 수 있는 특질이 아니다. 특히 이직이 많다는 외식업소에서 기대할 것은 더욱 아니다. 비전기업에서만 찾을 수 있다. 미래에 대한 비전이 확고하고, 그 가능성이 높은 기업에서나 찾을 수 있는 고차원의 특질이다.

비전기업은 다소 컬트적인 기업문화의 특성을 가진다. 따라서 비전기업은 부드럽고 관대하며 느슨하지 않다. 이곳에 속한 사람들은 지나치게 방심하거나 그렇다고 지나치게 오버하지도 않는다. 긴장과 화기애애함 사이에 적절한 균형을 유지하고 있다.

송추가마골은 이러한 비전기업문화의 특성을 충분히 갖고 있다. 송추가마골 사람들은 모든 일에서 세심한 부분까지 놓치지 않는 까다로운 사람들이다. 그들은 어떤 것도 당연하다고 생각지 않으며 운에 맡기는 법이 없다. 우리를 매순간 긴장하게 만드는 것이 사소한 것이란 사실을 잘 알고 있는 사람들이다.

물론 송추가마골이 이같은 조직문화를 만들기까지는 상당한 어려움을 겪었고 시간이 필요했다. 1997년 말 국내를 소용돌이로 몰아넣은 국제금융위기(IMF) 이후 경기불황에도 장사가 잘 되자 직원들 간에 자만심이 생겼다. 소위 '느슨한 문화'가 형성된 것이다. 그는 직원들로 하여금 항상 경계를 늦추지 않도록 하는 문화를 유지하는 것이 중요하다는 사실을 깨달았다. 전략을 세웠다. 먼저 공포

심을 주입하는 전술을 채택했다. 두려움을 인지하고 있는 문화만이 자기만족이라는 중병으로부터 조직을 건져 낼 수 있다고 판단한 것이다.

조그만 실수도 용납되지 않았다. 자신이 솔선수범하여 모범을 보이기보다는 일벌백계로 직원들을 몰아붙였다. 김 회장의 호령이 전 매장, 전 직원에게 퍼졌다. 홀 서빙, 카운터, 주방, 주차관리요원 등이 그의 눈치를 보기 시작했다. 그의 앞에서 전전긍긍했다. 너무 기가 죽어도 문제가 되는 법.

이번에는 전략을 180도로 바꾸었다. 태도가 돌변했다. 일 잘하는 직원에게 포상을 하고, 수시로 격려를 했다. 내부 직원들과 협력업체 직원, 그리고 고객에게 관심을 표명했다. 겉으로만 위하는 척한 것이 아니라 진정으로 그들을 대했다. 직원들에게 한 약속은 어떤 일이 있어도 지켰다. 비가 온 뒤 땅이 굳는다고 했던가. 시간이 지나자 김 회장과 직원들 사이에 신뢰가 굳어졌다. 덕과 위엄으로 조직문화를 새롭게 만든 것이다.

오너라면 누구나 이같은 방법을 쓸 수가 있다. 그러나 누구나 한다고 해서 다 같은 성과가 나오지는 않을 것이다. 덕을 사용하는 것과 위엄을 사용하는 것의 관계를 잘 조화시켜야 한다. 오너가 덕이 없으면 직원들이 반발하고, 위엄이 없으면 힘을 잃게 된다.

행동으로 생각을 조절한다

마포갈비, 우이동갈비, 송추가마골이 자리를 잡는 과정에는 한 가지 공통점이 있다. 순간적인 감각으로 터를 잡았다는 것이다. 분석하고, 따지고 할 겨를이 없었다. 일단 저지르고 봤다.

마포갈비는 '돈 냄새가 난다.' 는 이유로 그 날짜로 덜컥 계약을 하고 일사천리로 문을 연 식당이다. 다행히 빈 가게여서 빠르게 오픈할 수가 있었다. 오픈하는 것까지는 좋았는데 물건 값을 치를 돈이 없었다. 계산 없이 일단 일을 저지른 것이다.

우이동갈비 자리도 마찬가지다. 김 회장이 처음으로 우이동 유원지에 놀러갔다가 가게 터를 보고 그 다음날 계약금을 치렀다. 정도가 심했다. 인테리어를 하다 모자라는 돈을 집주인에게 빌려야만 했다.

송추가마골 식당자리는 극적이다. 토종닭을 먹으러 놀러갔다가 잡은 터였다. 폐허처럼 초가집과 우사(牛舍)만이 덩그렇게 놓여 있었다. 당시 그 터는 군사보호지역이라 건축허가가 나올 수가 없었다. 더구나 탄약고 안전거리 안에 속해 있었다. 허가 자체가 불가능하다는 얘기다. 그럼에도 불구하고 건축을 할 수 있다는 부동산 업자의 말을 듣고 전격적으로 계약을 했다. 나중에 확인해 보니 신축은 불가능하고 개축만 가능한 토지였다. 속아서 계약한 것이다. 대형 건축물이 있던 자리도 아니다 보니 개축한다 해도 소형평수만 가능한, 한마디로 식당으로서는 불모지였다.

그런다고 포기할 그가 아니었다. 포기는 패자의 언어다. 승자에게 포기는 있을 수 없다.

우사도 건축물로 인정해 준다는 실마리가 나왔다. 최대한 이 부문을 부각시켜 군청에 개축허가 신청에 들어갔다. 만만치 않은 설득작업을 벌이고, 그 이후 허가과정이 까다로웠던 것은 물론이다. 특히 허가과정 중 군 동의를 받는 것이 힘들었다. 간신히 건축허가를 받고 식당 문을 연 것은 1993년. 그러니까 땅을 산 지 3년이 지나서였다. 3년이든 10년이든 그 자리는 명당이었다.

김 회장이 그럴싸한 식당을 짓자, 주변의 부동산 시세가 대폭 올라갔다. 때 맞춰 송추, 장흥유원지가 각광을 받았다. 송추가마골은 얼마 지나지 않아 지역의 명소로 부각되기 시작했다. 송추가마골의 탄생과정은 이처럼 극적이다.

그가 잘난 사람(?)이었다면 송추가마골 터를 잡지 못했을 것이다.

그가 당시 부동산법을 들먹이며 계산을 했더라면 그 땅은 사지 못했을 것이고, 오늘날의 송추가마골도 없었을 것이 분명하다. 좋은 결과를 가지고 얘기한다는 것은 그리 바람직한 분석방법은 아니지만 여하튼 이런 유추는 사실이다.

여기서 유심히 살펴볼 것은 그의 행동양식이다. 행동하면서 생각하고, 생각하면서 행동을 조절한다는 것이다.

'행동은 생각을 낳고, 생각은 행동을 낳는다.' 바로 전환의 법칙이다. 이 법칙은 자기 스스로 미래를 만들어 나갈 힘을 내포하고 있다. '행동의 놀랍고도 특별한 방정식, 자꾸자꾸 순환 고리를 돌려서 성공을 이끈다. 행동을 자극하라, 그러면 천재성이 깨어난다.'는 전환의 법칙, 그것은 행운 유발요인 가운데 가장 중요한 것 중 하나로 설명된다. 이 법칙은 수천 년 동안 지혜의 샘이 돼 왔다. 종교에서 근본적인 원칙으로 평가받아 왔다. 20세기 들어 이 법칙은 재발견되어 비즈니스, 자기계발 분야 등지에서 각광을 받아 왔다.

전환의 법칙은 행동지향적인 자질을 갖춘 사람에게서 발견할 수 있다. 행동지향성은 어떤 생각이 들거나 기회가 생겼을 때 재빠르게 움직이는 습관을 말한다. 이는 인생과 일을 통해 자신이 원하는 곳으로 가고자 하는 사람들의 밖으로 드러나는 가장 큰 특징이다.

사람들은 중요한 목표나 성과를 이루기 위해 취해야 할 구체적인 행동에 대해 끊임없이 생각한다. 그러나 행동지향성 사람들은 미래에 대해 끊임없이 얘기하는 대신 지금 당장 행동을 취해야 한다고 주창한다. 그게 성공에 이르는 길이니까.

행동지향성은 그가 행동을 중시하는 실행가라는 점을 말해 준다. 실행가를 판별하려면 행동양식을 살펴보면 된다. 실행가는 어려운 문제에도 단호하게 대처하며 목표를 향해 천성적으로 실행을 중시하는 사람이다.

모든 위대한 성취는 굳건한 신념, 식을 줄 모르는 열의, 그리고 배수진에서 시작한다. 대담하게 행동하라. 그러면 보이지 않는 힘이 당신을 도와줄 것이다.

크리스토퍼 콜럼버스는 완벽한 지도를 가지고 아메리카 대륙을 발견한 것이 아니다. 그는 위대한 지리학자 프톨레마이오스가 만든 최대의 오류투성이 지도를 가지고 항해에 나섰기 때문에 예기치 않게 미 대륙을 발견할 수 있었다.

사랑할 시간도 없는데 어떻게 미움을

도로 쪽에서 송추가마골 신관을 바라보면 건물 3층에 쓰인 글씨를 볼 수 있다. 멀리서도 보이도록 크게 조각돼 있다.

'사랑할 시간도 없는데 어떻게 미움을…….'

자동차를 타고 가다가 보는 사람은 저기가 무엇을 하는 곳인가 잠깐 착각에 빠질 만한 글귀다. 분명히 식당 건물인데 그 흔한 홍보 문구가 아닌 시적인 표현이 적혀 있기 때문이다. 처음 본 사람은 자신의 눈을 의심해 다시 돌아보게 된다.

송추가마골이 본관만 있을 때는 식당 유리창에 이 글귀를 붙여 놓았다. 바로 도로변에 붙어 있는 식당이라 일부러 차를 세우고 들어와 묻는 손님도 심심치 않게 있었다. '생각하게 만드는 글귀' 라며 주인장의 의도를 물어보는 것이 대부분이었다. 어떤 손님은 '이것을 보고 선한 마음을 가져야겠다.' 고 고백한 적도 있을 정도로 화제가 된 글이다.

사람들이 관심을 갖자 그는 신관 신축시 이 글귀를 커다랗게 조각하도록 지시했다. 밤이 되면 조명등에 반사돼 이 글귀가 더욱 크게 보인다.

이 말은 김 회장의 좌우명이자 경영철학이다. 그의 삶, 그의 경영관이 농축된 말이다. 송추가마골의 성공 궤적을 추적하고 싶다면 이 말의 의미를 체크하는 것부터 시작해야 한다.

그는 사람과의 관계를 무엇보다 중시한다. 그의 성공관은 돈으로 귀결되는 것이 아니다. 사람으로 시작해서 사람으로 끝난다. 돈은 그 과정에 쌓이는 것일 따름이다. 그가 생각하는 성공은 무엇일까.

"성공의 목표는 하나만이 아닙니다. 흔히 말하는 돈, 권력, 지위, 명예, 친구, 가족 등 이 모든 것들이 대개 같이 움직인다고 보면 됩니다. 그중에서 사람과의 관계 정립은 모든 것의 기초입니다. 빠질 수 없는 필수조건이지요."

사람과의 관계는 '나와 그것'의 관계가 아닌, '나와 너'의 관계다. 타인을 물건처럼 취급하는 나와 그것의 관계 시각 때문에 미움도 생기고 증오도 생긴다. 타인을 존중하고 소중히 여기는 사람이 되자는 생각에서 이 글귀를 썼다는 설명이다.

그는 사랑에서 힘을 얻는다. 자아를 넓히고 삶의 영역을 확장시키는 기쁨의 원천이다. 사업적인 추진력을 얻는 원천도 사랑에서 나온다고 믿고 있다.

좌우명대로 사람들을 소중히 여기며, 많은 유대관계를 가지고 있다. 다른 사람과의 인간관계에 신뢰를 쌓기 위해 의식적으로 노력한다. 인간관계를 구축하는 최고의 방법은 다른 사람을 우선시하는 것이다.

"사람들과 어떤 관계를 맺느냐에 따라 사업에서 성공하기도 하고 실패하기도 합니다. 그러나 사업에서 꼭 성공하고자 사람들과 관계를 맺는 것은 아닙니다. 그런 의도라면 상대방도 눈치를 채 오히려 좋은 관계를 맺을 수 없습니다. 산다는 것 자체가 사랑한다는 것입니다. 사랑은 대상이 있는 것이고, 그래서 좋은 관계를 맺는 것이지요. 미움이 아닌 사랑으로 말입니다."

실상 사업인생을 돌아보면 수많은 인간관계가 거미줄처럼 엮여 있다. 그리고 이들 관계가 좋은 결실을 맺어 그의 사업을 돕고 있다는 것은 불문가지다.

카네기는 "한 사람의 성공은, 15퍼센트는 전문적인 기술에 달려 있으며 나머지 85퍼센트는 인간관계에 달려 있다."고 말한 바 있다. 인간관계의 핵심은 매력이다. 매력은 다른 사람들을 자기편으로 만드는 것이다. 매력을 발산하는 시작은 대화다. 공통의 관심영역을 찾아서 대화를 하고 상대방을 소중히 여긴다면 좋은 인간관계를 맺을 수 있다.

인간미가 성공에 걸림돌이 되지는 않는다. 오히려 장기적인 관점에서 보면 그것이 성공의 비결이다.

성공은 불확실성에서 나온다

사우디아라비아에서 돌아온 것은 지난 1980년 초. 6백만 원이라는 거금(?)을 쥐고 귀국했다. 일년여 동안 현장에서 번 돈이다. 그는 그 돈으로 사업을 하기로 작정했다. 월급쟁이로는 자신의 꿈을 성취시킬 수가 없다고 판단한 것이다. 성공하려면 투자 아니면 사업이라는 것을 뼈저리게 경험한 것이다. 남이 주는 돈은 아무리 많아도 자신의 야망을 달성시켜 줄 수 없다고 생각했다. 엘리베이터 일류기술자로 평가받던 자신이 고생해서 일년 동안 모은 돈이 고작 6백만 원밖에 안 된다는 현실이 그의 생각을 확 바꾼 것이다.

그러나 무슨 사업을 한단 말인가. 아무리 생각을 해 봐도 답이 나오지 않았다. 돈이 부족하다는 것이 모든 고민의 출발이었다. 6백만 원을 가지고는 사업은커녕, 전세방 구하기도 빠듯한 현실이었다. 그는 자신의 낮은 처지를 한탄했다. 연고도 학력도 없다는 것이 이렇게 힘들게 할 줄 몰랐었다. 하루 이틀, 한달 두 달이 지나갔다. 가지고 있던 얼마 안 되는 돈마저 야금야금 사라지고 있었다. 마음도 덩달아 초조해졌다. 때맞춰 다시 와 달라는 회사 측의 강권이 여러 번 있었다. 그러나 월급쟁이 생활을 하고 싶지는 않았다. 다시 샐러리맨 생활을 한다는 것은 자신을 초라하게 만드는 것이라고 믿었다.

'죽이 되든지 밥이 되든지 사업을 한다.'

수없이 다짐했지만 현실은 그의 생각과는 다르게 흘러갔다. 위기의 순간이었다. 기회의 순간이기도 했다. 현실에 주저앉을 것인가. 새로운 세계로 나갈 것인가.

어느 날 새벽, 그는 자다가 벌떡 일어났다. 섬광처럼 스치는 생각. '응암갈비' 였다. 샐러리맨 시절 하루가 멀다 하고 찾아가던 갈빗집이었다. 20평 남짓한 허름한 식당 한구석에 앉아 하루 시름을 달래던 자신의 모습이 연상됐다. 날이 새자마자 '응암갈비' 로 달려갔다. 그가 '응암갈비' 에서 배운 레시피로 마포갈비를 차린 것은 앞서 얘기한 대로다.

송추가마골의 오늘이 있기까지 극적인 변화를 여러 번 맞았다. 위기의 시기에 그가 보여 준 판단력과 추진력은 승자가 되기를 원하는 사람들에게 귀감이 되고 있다.

승자들에겐 공통적인 중요한 특징이 있다. 이들은 사회변화에 따른 기회를 잘 포착하여 어느 날 갑자기 시장의 강자로 나타난다. 변화와 위기에 신속하고 유연하게 대처하는 능력이 무엇보다 중요하다. 기업의 목표는 한때의 성공을 고수하는 것이 아니라 상황에 맞는 변신을 끊임없이 추구하는 것이어야 한다.

오늘의 송추가마골을 만드는 데 결정적인 역할을 한 아이템인 이동갈비 사례도 위기상황에서 시작됐다.

1994년 초, 김 회장이 송추가마골을 개업한 이후 계속해서 악전고투를 벌이고 있을 무렵이었다. 남들이 다 하고 있는 생고기를 취급하면서 역전의 기회를 노렸건만, 이것마저 실패로 끝날 가능성이 높을 때였다. 고기로 성장해 온 사람이 고기에서 고전을 겪는다는 것은 위기상황을 지나 추락하는 단계로 보면 된다. 김 회장은 친구에게 자신의 가족을 지켜 달라는 부탁을 하고, 마지막 승부수를 띄우기 위해 동분서주하고 있었다. 포천의 이동갈비 소식이 들려왔다. 그 길로 달려가 보니 한마디로 충격 그 자체였다. 주차장을 꽉 채운 자동차. 더구나 그가 찾아간 이동갈비 주인은 음식과는 인연이 없을 것으로 보이는 탤런트였다.

"한마디로 경악이었습니다. 그 이동갈비 사장은 승천하는 용이고, 저는 추락하는 이무기였습니다. 그날로 모두 버렸습니다. 그동안 가져왔던 나의 신념, 전문가라는 자부심마저 버렸습니다. 시장에서 받아들이는 승자가 될 때까지 모든 것을 잊고 다시 출발하기로 했지요."

즉시 이동갈비 아이템을 추가했다. 물론 포천의 이동갈비를 업그레이드시킨 메뉴였다. 이동갈비는 당시 서울 주변에서 파는 데가 한 군데도 없었다. 따라서 위험부담은 상존하고 있었다. 지역의 특산

품으로 인기를 모으고 있는 이동갈비를 다른 지역에서 판다고 똑같은 반응을 보일 것인가 하는 의구심이 있었다. 또한 포천에 놀러간 사람들이 한 번 맛보는 이색 메뉴일지 모른다는 주변의 우려도 있었다.

그러나 그의 생각은 확고했다. 경영은 판단하고 결정을 내리는 것. CEO는 결정에 책임을 지는 것이라는 원론적인 입장만 가지고 이를 밀어붙였다. 송추가마골은 일년 후 이동갈비 아이템으로 메뉴 구성을 완성하게 된다. 송추가마골의 찬란한 재탄생이었다.

"1+1=2와 같이 간단히 정답이 나오는 것은 결정이라고 하지 않습니다. 이것저것 따지다가 결단을 내릴 시기를 놓쳐 모처럼의 기회를 보내 버리는 우를 범하고 싶지 않았습니다."

위기의 시절에는 전문가적 계획과 분석보다는 과감한 판단과 행동이 중요하다는 것은 수많은 기업성공 사례연구에서도 나타난다. 따지고 분석하기보다는 기회포착 능력이 무엇보다 우선시 된다는 얘기다. 기회는 항상 안정된 상황에서 나오는 것이 아니다. 판이 엎어졌기 때문에 기회가 생기는 것이다. 위험 가능성이 없으면 장사가 되지 않는다는 말이 있듯이 수익을 백 퍼센트 보장하는 사업은 없다. 정도의 차이는 있지만 모든 사업은 리스크가 있게 마련이다. 배짱이 큰 사업가는 50퍼센트의 승산만 있다고 판단되면 모험을 감행하지만 소심한 경우에는 80퍼센트 이상의 승률이 아니면 사업의 기회를 포기한다.

진정한 부자들은 기회를 포착하고 매우 불균형한 상황에 투자한다. 록펠러가 그랬고 빌게이츠가 그랬다. 정성스레 돈을 모으고 안정된 상황에서만 투자하는 사람은 노후의 안녕은 얻을 수 있겠으나 결코 큰 부자는 될 수 없다.

"이 세상에 안전한 것이란 없다. 오로지 기회만 있을 뿐이다."

더글러스 맥아더의 말이다.

네오테니

매달 한 명의 CEO를 모시고 스튜디오 촬영을 한다. 스튜디오 촬영은 모델이 아닌 대상자들에겐 항상 고역이다. 갖가지 포즈를 취하라고 요구하는 창의력 넘치는 박문영 사진기자 때문에 촬영현장은 긴장되고, 사람들은 쉽게 지쳤다.

필자는 당시 마감에 쫓겨 촬영 현장에 계속 있을 수는 없었다. 훗날 박 기자에게 누가 인상적이었는지 넌지시 물어볼 기회가 있었다. 김오겸 회장에 대한 평가가 상당히 호의적이었다. 피곤했을 법한데도 촬영 시추에이션에 따라 적극적으로 포즈를 취해 줬고, 자신을 편하게 대해 줬다는 것이다. 촬영현장을 화기애애하게 이끌려고 노력했다는 말도 덧붙였다.

"어린아이 같은 분이지요."

박 기자 말대로 김 회장은 '네오테니'라는 개인적 특성을 갖고 있다. 네오테니는 성인이 되어서도 여전히 어린 시절의 성질을 갖는 것이다. 호기심, 활달함, 열망, 용기, 다정함, 활력 등과 같은 성향을 종합한 말일 수도 있다.

네오테니는 순수한 열정으로 불타는 리더들에게 유용한 표현이다. 그들에게는 정열과 호기심이 넘친다. 특히 그들이 갖고 있는 오염되지 않은 어린아이의 호기심, 어린아이 같은 눈으로 상황을 신선하게 파악하는 능력이야말로 승자와 패자를 가르는 잣대다.

1974년부터 군 생활을 시작한 강원도 인제. 그의 군대생활로 돌아가 보자.

'방 안으로 들어서자 피비린내가 확 풍겨 나왔다. 숨을 쉴 때마다 가슴이 턱턱 막혔다. 비위짱이 웬만한 그로서도 견디기 힘들었다.

그는 주섬주섬 방 귀퉁이에 놓여 있는 천 뭉치를 집어 들었다. 피가 밴 천 뭉치다. 그것을 들고 나가는 동안 방 안에 누워 있는 여자는 끙끙대기만 했다.

빨랫감을 들고 찾은 곳은 계곡. 바위에 앉아 그것을 방망이로 두들겼다. 핏물이 계곡을 엄습했다. 계곡물이 순식간에 새빨간색으로 물들어 갔다. 그날따라 태양은 하루 종일 내리쬐었다. 그는 땀을 뻘뻘 흘리며 방망이를 두들겼다. 한나절의 전투(?)를 끝내고 나니 벌써 오후 늦은 시각. 그는 빨래하던 손을 멈추고 광주리에 세탁한 것을 주섬주섬 담았다.'

군 생활 중 그의 직책은 대대장 당번병. 그가 빨아 널었던 것은 여자의 생리대였다. 이틀 전 수술을 받고 와서 몸져누운 대대장 사모님은 기력이 없어 생리대를 방치해 놓은 것이다. 당시 국내사정은 물자가 귀한 시절. 생리대를 천으로 사용하는 것이 다반사였다. 천에 묻은 생리 피가 얼마나 비린내가 나는지는, 그리고 그것을 빠는 것이 또 얼마나 힘든 것인 줄은 당사자만이 알 것이다.

물론 당번병이 사모님의 생리대까지 빨 필요는 없었다. 빨아 달라고 요청한 것도 아니다. 그가 대대장이나 사모님에게 잘 보이려고 빤 것은 더더욱 아니었다.

"애처로워 보였지요."

단지 애처롭다는 이유로 피비린내 나는 생리대용 천을 하루 종일 빨았다는 얘기다.

얼마나 순수한가. 어린아이 같은 천진난만한 생각과 행동이지 않은가.

'있는 그대로 본다. 그리고 생각나는 대로 행동을 한다. 마음이 가는 대로 행동한다. 계산이란 없다.' 여기서 말하는 계산은 의도를 가진 불순한 행동을 말한다.

필자는 그동안 수백 명의 CEO들을 인터뷰하고 만나 왔다. 그러나 그와의 인터뷰 만남처럼 순수한 경우는 그리 많지 않다. 채 10퍼센트도 되지 않을 것이다. 그에게서 느끼는 감정은 순수한 어린아이 같다는 것이다. 순수성은 나이와 관계없다.

사업가적인 관점에서 네오테니 특성 중 중요한 것이 미지의 대상들에 대한 관심과 집중할 수 있는 재능이다. 놀이터에서 놀이에 빠져 있는 어린아이를 불러 세우는 것이 어렵다는 것은 한두 번쯤의 경험을 통해 알고 있을 것이다. 그게 바로 네오테니의 집중력이다. 집중은 설사 방해가 있다 하더라도 중요 사안에 계속 주의력을 유지할 수 있는 능력이다. 집중력이 있는 사람은 주도권을 확보할 수 있다. 집중력은 사업의 성패를 가르는 결정적인 힘이다. 힘은 평온함에서 나온다. 집중을 통해서 깊은 생각과 지혜로운 말과 모든 강력한 힘을 얻을 수 있다.

우이동갈비, 송추가마골 초창기 시절 주변은 온통 비웃음뿐이었다. '절대로 안 되는 자리에 들어가 쪽박을 찰 것' 이라고 비아냥거렸다. 그러나 그는 바로 이같은 집중력으로 비난을 잠재웠다.

토머스 칼라일은 '천재성이란 무한한 인내력' 이라고 했다. 자신의 업무를 완전히 마칠 때까지 한 가지 주제에 한마음으로 집중하도록 훈련할 수 있는 사람은 그 분야에서 곧 두각을 드러낼 것이다.

김 회장의 메시지는 '다시 한 번 어린아이가 되라, 스펀지가 되라.' 는 주문이다. 주변에 관심을 갖고 듣고 배워라. 바로 이 방법은 어린이들이 배우는 방법이다.

가정주부를 점장에 앉히다

물이 흐르듯 흘러가는 자리가 좋다. 그런 점에서 우이동 지역은 장사하기가 어려운 것이다. 그는 언젠가는 우이동을 떠날 생각을 했다.

송추와 우이동 간 길이 뚫린다는 소문은 오래전부터 알고 있었다. 길이 뚫리면 우이동과 송추 간의 직선거리는 불과 4킬로미터로 차로 5분밖에 걸리지 않는다는 것도 알고 있었다.

송추와 우이동 간의 길은 우이동에도 좋지만 송추 쪽에 훨씬 많은 이득을 안겨 줄 것이라는 판단은 하고 있었다.

"포크레인 첫 삽을 뜰 때 땅값이 달라진다는 것을 잘 알고 있었습니다. 그러나 선뜻 발길이 가지 않더군요."

그도 그럴 것이 고기도 먹어 본 사람이 먹는다. 평생 부동산을 가져 보지 못했던 그가 개발된 곳도 아닌 유망지역 송추에 땅을 산다는 것은 어려운 일이었다. 송추의 얘기는 한동안 잊혀졌다.

1990년대 초 그런 그에게 강북지역에서 교통반장을 하던 허 순경이 모종의 중요한 정보를 암시했다. 송추를 주시하라고 귀띔했다.

"사실 그때 허 순경이 그런 말을 하지 않았더라면 저는 송추 땅을 사지 않았을지도 모릅니다. 허 순경 말을 들은 뒤 몇 달 후에 송추가마골 본관자리 330평을 3억 원에 사게 됐지요."

송추가마골의 시작은 어쩌면 귀띔에서 시작됐는지 모른다.

허 순경을 비롯, 앞서 언급했던 《월간식당》의 박형희 사장, 음식 전문가 고 홍성유 선생, 주방장 조상희 씨 등 그의 성공을 둘러싼 인물들이 상당히 많다. 지금도 주변에는 항상 그를 돕기 위한 사람들로 둘러싸여 있다.

그가 인복을 타고났다고 사람들은 말한다. 그러나 필자의 생각은 조금 다르다. 그보다는 그가 사람들을 찾아 나선다는 대답이 정확할 것이다. 사람을 구하기 위해 들이는 공이 지극하다. 그는 사람을 구하기 위해 마음을 활짝 열어 놓고 있다. 왜 사람을 구하냐고? 한 가지 분명한 목표밖에 없다. 성공하기 위해서다. 그것도 크게 성공하기 위해서다.

자신보다 더 영리하고, 더 능력 있고, 더 많은 정보를 알고 있는 사람들이 세상에 널려 있다고 생각한다. 그리고 자신의 한계를 알고 있고, 자신보다 유능한 사람들을 자신의 사업에 끌어들여서 사업을 키우고 싶다고 생각한다. 이런 덕목은 겸손과 연관돼 있다. 겸손하기 때문에 다른 사람들의 지혜를 구하는 것이 아닌가. 이런 의미에서 겸손은 판단력이다. 어떤 것이 진정 가치 있는 것인지 판단하는 능력이다.

이 대목에서 분야는 다르지만 고대 그리스 현자의 얘기를 해 볼 필요가 있다. '소크라테스는 신탁을 반박하기 위해서 자신보다 훨씬 지혜롭다고 생각한 사람들을 찾아 나섰다. 소위 그의 지적 편력은 정치가를 비롯하여 시인과 기술자 등을 포함하는 다양한 분야에서 지혜롭다고 존경을 받던 사람들과의 대화를 통해서 이뤄졌다.'

의정부점 점장 얘기도 해야겠다. 김 회장은 얼마 전 전혀 경영과는 거리가 먼 사람을 덜컥 점장으로 앉혔다. 약 5백 석 규모를 자랑하는 대형 식당의 책임자로 가정주부를 선택했다. 일년 매출이 백억 원대에 육박하는 식당을 신출내기에 맡긴 것이다.

"그녀에게는 유연성과 서비스마인드가 있습니다. 기회포착 능력도 엿보이고요. 의정부점 조직을 가장 잘 이끌 것 같더군요."

경영의 대가 잭 웰치의 말을 들어 보자.

'경력이 화려한 사람은 흔하다. 하지만 그들 중 상당수는 중요한 성공의 요소가 결핍되어 있는데, 그것은 바로 기회를 포착하는 능력이다.'

화려한 경력보다 실질적인 마인드, 그 사람의 태도를 중시한 김 회장의 선택이다. 그 열린 선택은 유효하다는 평가를 받고 있다.

자제력은 자신감의 열쇠

비포장도로가 포장도로가 되고 4차선으로 넓혀지는 것은 좋은 일이었으나 도로가 높아지는 것이 문제였다. 식당바닥이 도로면보다 낮아지게 되고 이로 인해 비가 올 때 물의 역류가 확실시되는 것이었다. 이제 막 송추에서 자리를 잡아 가고 있는데 이럴 수는 없다고 생각했다. 송추가마골을 오픈하고 난 지 얼마 지나지 않은 90년대 중반의 일이다.

그는 시청, 국토관리청, 시공감리단 등을 미친 듯이 찾아다녔다. 해결의 실마리를 얻기 위한 몸부림이었다. 근 반년을 쫓아다녔을까. 어렵사리 답은 나왔다. 도로점용 허가를 받는 것이다. 점용 허가를 받고 사용료를 냈다. 당연히 도로면을 일부만 높였다. 식당운영에 전혀 지장을 주지 않는 높이였다. 그는 자신의 돈으로 도로포장을 하는 것에 만족감을 표시했다.

이 대목에서 필자가 주목하는 것은 적응력이다. 어떤 상황이든지 상황에 맞게 자신을 적응시키고, 원하는 것을 만들어 낸다. 적응력은 창조성의 응용이다. 문제나 위기에서 틀에 얽매이지 않는 일련의 해결책을 제시하는 능력이 그것이다. 이것은 리더들 특히 역동적인 삶을 추구하는 사람들의 주요한 역량이다.

그러나 이게 불씨였다. 정정당당하게 허가를 받아 사용하고 있는데도 불구하고 툭하면 민원이 터졌다. 앞서도 얘기했지만 무엇보다 '배 아픈 이웃' 의 투서가 문제였다. 이들은 지방지 기자에게 그럴싸한 내용을 포장해서 제보하는가 하면, 시청 등 관공서에 특혜시비를 제기했다. 그럴 때마다 그는 동분서주하며 이들을 설득했다. 송추가마골의 불법성(?)을 만천하에 고발하는 데는 이것이 최고였다고 판단한 주변 업소들의 고집은 끈질겼다. 그러나 민원을 제기 받은 기자들이나 공무원들은 나중에 확인해 보고 하자가 없음을 확인해 줬다. 그리고는 오히려 송추가마골의 손을 들어 줬다. 이것이 10년 넘게 걸린 도로점용 허가 싸움의 전말이다.

그러나 일전에 송추가마골은 도로점용 허가를 포기했다. 매년 걸고넘어지는 싸움에 지친 탓도 있지만 이제는 그런 다툼을 하기에는 송추가마골의 위상이 높아졌기 때문이다. 이에 따라 국토관리청이 도로 높이를 원상 복구했다. 5센티미터에서 25센티미터로 높이는 데 걸린 10년 동안 송추가마골은 많은 성장을 했다. 국내 최고의 식당이라는 타이틀을 차지했다.

그 10년 동안 그가 보여 준 자제력은 대단하다. 터무니없는 모함에 시달리면서도 그는 이를 하나같이 설득으로 풀어 나갔다. 결코 노여움을 표출하지는 않았다. 충동적으로 일을 해결하려 하지 않았다. 다만 송추가마골이 성장통을 앓고 있다면서 주변과의 힘겨운 싸움을 벌여 나갔다.

충동성의 자제, 승자들에게 흔히 볼 수 있는 이같은 자질은 인생 역정 곳곳에 드러나 있다. 충동성은 그저 통제력이 부족한 것에 대한 패자들의 핑계일 뿐이다.

그도 필요시에는 즉각적인 행동을 한다. 그러나 직설적으로 얘기하고 행동하는 것과 감정을 자제하는 것은 서로 모순이 아니다. 전혀 차원이 다른 얘기다. 감정을 자제하는 사람은 미래를 내다보는 수읽기에 탁월한 성적을 올리고, 승리의 길에 좀 더 다가갈 수 있는 것이다.

지금에 와서 얘기하자면 송추가마골을 힘들게 했던 주변 업소는 사실 김 회장의 사도(私道)를 사용하고 있다. 그에게 사용료를 내야 한다는 얘기다. 그러나 그는 분쟁이 있었을 때도 그리고 분쟁이 일단락된 지금도 내색을 하지 않고 있다. 필자 같으면 분해서 한바탕 소송이라도 제기했을 법한데 말이다.

여하튼 이는 그가 보여 주고 있는 자제력의 일면이다. 자제력은 자신감의 열쇠이기도 하다. 자신의 약점과 불안감에서 비롯된 가식적인 행동이나 거만함이 아니라 진실하고 긍정적인 자신감 말이다. 어떤 상황에서도 성실성과 정직성을 망각하지 않는 것, 이것이 바로 자제력의 핵심이다.

다시 큰 바위 얼굴을 위하여

얼마 전 사진 촬영을 위해 몇몇 CEO들이 서울 청담동 스튜디오에 모였을 때의 일이다. 늦게 도착한 필자가 막 스튜디오로 들어서는데 '이학'의 윤희원 회장과 김오겸 회장의 모습이 보였다. 사진 촬영 도중 잠깐의 틈을 타 둘이서 얘기하는 모양이었다. 스쳐 지나가는 길에 얼핏 들린 내용은 다음과 같았다. '송추가마골에서는 김치를 어떻게 하느냐?'는 윤 회장의 물음에 '직접 담근다.'는 김 회장의 대답이었다. 그리고는 바로 사진 촬영에 들어가 그들의 대화는 더 이상 이어지지 않았다. 이학은 갈비, 냉면, 두부 등을 취급하는 한식전문 음식점으로 인천, 서울 등지에 아홉 개의 대형 매장을 갖고 있다.

짧은 대화였지만 김 회장의 영향력을 확인하는 순간이었다. 송추가마골의 일거수일투족은 모든 외식인들의 주목 대상이다. 송추가마골이 무엇을 하는지, 김 회장이 무엇에 관심을 갖고 있는지, 그가 무엇을 말하는지에 대해 상당수 외식 CEO들은 관심을 표명하고 있다. 스튜디오 사례는 극히 일부일 뿐이다.

필자는 김 회장이 참석하는 모임에 여러 번 불려 간 적이 있었다. 그럴 때마다 그의 영향력을 새삼스레 확인하게 된다. 여러 사람이 모인 사석인 술자리조차 그의 영향력 확인은 그리 어렵지 않다. 그가 요란스레 말을 하고 있어서가 아니다. 대단한 액션을 취하는 것도 아니다.

처음에는 다른 사람이 주도할지 모르나 시간이 흐르면 자연스레 그의 주변으로 사람이 몰린다. 그의 목소리는 크지 않지만 그의 소리를 들으려고 귀를 쫑긋한다. 조용한 리더십이 표출되는 장면이기도 하다. 그의 위력보다는 송추가마골의 위력이라고 해석할 수도 있다. 그러나 거기에 모인 사람들의 면면이 대한민국 외식업체를 대변하는 사람들이라면 이를 어찌 설명할 것인가. 물론 '송추가마골이 김오겸 회장이고, 김오겸 회장이 송추가마골'이라고 보는 것은 틀린 설명은 아니다. 틀리지 않으면서도 꼭 들어맞는 설명은 아니다. 김오겸 회장이 송추가마골을 리드하지, 송추가마골이 김오겸 회장을 리드하는 것은 아니다.

기세등등한 권세나 화려한 언변이 없는데 그의 곁으로 사람들이 몰리는 이유를 사마천의 말로 풀이해 보자.

"실속 있는 장사꾼은 상품을 깊이 간직하여 가게는 빈 것 같고, 훌륭한 덕을 가진 선비는 얼핏 보아 용모는 어설프다."

업계에 미치는 김 회장의 영향력은 누구나 인정하는 부문이다. 지도자의 재능은 바로 '영향력' 이다. 성공한 지도자는 다른 사람에게 영향을 줄 수 있으며 다른 사람이 자신을 따르게 할 수도 있다. 그는 다른 사람을 참여시켜 함께 일을 할 수 있다. 영향력은 바로 리더십인 것이다. 따라서 진정한 리더가 말을 하면 사람들은 듣는다.

'김오겸이 말하면 듣는다.' 업계에서 떠도는 말이다. 이 말은 그가 이 분야에서 탁월한 리더라는 말과 다름 아니다. 탁월한 업적을 일군 신뢰의 리더십에 보내는 찬사일 것이다. 타오르는 영웅심이 없으면, 모험을 감당하지 못하면 큰일을 해낼 수 없다. 의지가 바위처럼 단단하지 못하면 큰일을 해낼 수 없다. 자기 자신과의 관계에서 백 퍼센트 진실하지 못한 사람은 누구도 커다란 업적을 남길 수 없다.

위대한 업적은 특히 하루아침에 이루어지는 게 아니다. 그것은 하루하루 신뢰의 시간을 살아가는 사람들 앞에 열리는 것이다.

김 회장도 사실 이러한 리더십을 발휘하게 될 때까지는 많은 세월을 필요로 했다. 물경 26년의 세월이다. 그가 또한 리더십을 의도한 것도 아니다. 신뢰의 시간이 어느 때는 거의 정지되다시피, 어느 때는 활발히 지나가면서 그의 얼굴에 자연스레 위엄이라는 관록이 붙은 것이다.

그를 보면 호손의 '큰 바위 얼굴' 이 생각난다. 화려한 이력을 갖고 있지만 전혀 인생에 대한 혜안을 갖지 못한 지도자들에게 실망한 많은 지역민들. 그들이 손꼽아 기다리던 지도자가 바로 자신들의 주변에 있었다는 전설을 그에게서 다시금 듣게 된다. '성공과 인간' 이라는 두 가지 굴레를 조화롭게 합치시킨 경지에 도달한 사람만이 우리 시대의 '큰 바위 얼굴' 이라 할 수 있다.

그러나 그는 자신이 아직 '큰 바위 얼굴' 임을 인정하지 않고 있다. 그런다고 해도 우리는 그를 '큰 바위 얼굴' 로 인정하고, 그를 이을 또 다른 '큰 바위 얼굴' , 이제는 재촉하지 않고 느릿한 걸음으로 인간적인 얼굴을 찾기 위해 노력할 것이다.

우리가 '큰 바위 얼굴' 을 찾는 것은 위대한 생각, 위대한 사건, 위대한 자연, 또 위대한 사람과 가까이 지내고 싶기 때문이다. 그들과의 교감으로 우리는 생기가 있고 생각이 깊어질 것이다. 인생이 풍요로워지고 아름다워질 것이다.

종업원 성향 파악

설문지를 통해 종업원들의 성향을 '안정형', '신중형', '주도형', '사교형' 등 네 가지 유형으로 분류, 그에 맞는 직무스타일을 제시한 적이 있었다. 송추가마골의 교육이 얼마나 다양한지는 이를 통해 단적으로 알 수 있을 것이다.

'안정형'은 과제를 수행하기 위해 다른 사람과의 협력에 초점을 맞추는 형. 모든 사람이 자기 몫을 해 주길 바라고, 일을 부드럽게 처리하기를 원하는 등 장점이 많다. 안정과 안전을 원하고 갈등 없는 환경을 바란다. 반면 자신들의 기대가 무엇인지 명확치 않고, 공격적인 대면 상황에서 소극적인 대응을 보인다는 점이 단점으로 지적된다.

송추가마골에서는 이러한 단점을 가진 '안정형' 직원들에게 갈등 처리에 편안한 자세를 갖도록 노력하고, 자기주장을 단호하게 제시하는 자세를 주문했다. 가끔 일상 업무에 변화를 줄 것도 제안했다.

정확성과 품질을 유지하기 위해 무엇이 옳고 바른 방법인가에 초점을 맞추는 '신중형', 결과를 성취하는 데 반대를 극복하여 환경을 조성하는 '주도형', 다른 사람을 설득하거나 영향을 주므로 환경을 조성하는 데 초점을 맞추는 '사교형' 직원들에게도 각기 맞춤 처방을 내린 바 있다.

장점과 단점을 적시하고, 단점을 파헤치려는 대안까지 제시하는 송추가마골의 노력은 결국 회사 자부심으로 이어지게 마련이다.

5장
컬트 브랜드를 향하여

누구나 가고 싶은 곳

필자가 송추가마골에 관심을 가진 것은 우연치 않은 기회에서였다. 송추가마골에 대한 얘기는 듣고 있었던 터, 취재할 일이 생겼다. 혼자 송추까지 가는 것이 뭐해서 주변 사람들에게 같이 가자고 권했다. 그런데 놀라운 것은 그날 일이 없어서인지는 몰라도 모두들 가겠다고 나서는 게 아닌가. 송추가마골에 대한 호기심이 당연히 생겨나지 않을 수 없었다. 그 이후에도 차에 사람을 꽉 채우고 송추에 간 날이 여러 번 있었다.

한번은 송추가마골에 간다니 분당, 서울 양재에서 모범택시를 타고 송추까지 쫓아온 열성파도 있었다. 이구동성으로 평가가 좋은 것은 물론이었다.

서울에서 분당에서 인천에서, 그리고 특히 주말에는 전국에서 사람들이 몰리고 있다. 단지 갈비를 먹기 위해서 그런 수고를 하는 것은 아니라고 본다. 맛있는 집은 송추가마골 말고도 자신들이 사는 주변에 더러 있을 것이다. 그럼에도 불구하고 사람들은 송추가마골을 성지순례 하듯 찾아오고 있다. 사람들이 열광하는 이유는 무엇일까.

송추가마골에는 무엇보다 감성 체험이 있다. 가마골 갈비를 통한 체험을 만들어 낸다. 어떤 유형의 틀 안에서 각자의 느낌대로 자신의 감정을 모델화하고 있다. 따라서 송추가마골에 간 사람들만의 서클이 형성된다. 그들끼리 대화가 있고, 공감대가 있다. 마치 할리우드 영화를 보고 온 사람들끼리 공감대가 형성되듯이. 공감대를 통해 인간관계 형태가 빛을 발한다.

공감대 형성은 짧은 시일 내에 이뤄지지 않았다. 부단히 감성을 자극하는 체험마케팅에 주력한 결과가 모여 개업 십수 년 만에 일궈낸 쾌거다.

송추는 도봉산, 북한산, 사패산의 정기가 모여드는 지점이다. 송추가마골은 송추의 중심이다. 송추가마골에서 이들 서울을 둘러싼 명산을 바라보며 식사를 하거나 한 잔의 술을 마시는 것은 여간해서는 얻을 수 없는 진기한 경험이다.

송추의 사계(四季)에 대해 많은 사람들이 얘기한다. 겨울은 겨울대로, 봄은 봄대로, 여름은 여름대로, 가을은 가을대로 철에 따라 옷을 갈아입는다. 송추를 둘러싼 명산들이 뿜어내는 정기 때문이다.

송추가마골은 특히 해가 넘어갈 즈음이 되어서야 제 모습을 드러낸다. 해 질 무렵 송추가마골 본관과 신관을 잇는 출렁다리를 바라보라. 냇가 주변으로 설치한 은은한 조명에 시냇물이 졸졸 흐르는 소리를 들을 수 있을 것이다. 최근 복원된 서울 청계천에서 힌트를 얻어 수억 원을 들여 설치한 조명시설이다. 음식과 술은 이런 운치 있는 곳에서 먹고 마셔야 더 맛이 나는 법이다.

1층 대기실의 갤러리, 1, 2, 3층의 계단에 빼곡히 놓여진 꽃들, 2층으로 손님을 모시는 에스컬레이터 시설도 당신의 감성을 한껏 자극할 것이다.

감성 체험의 대명사 스타벅스를 살펴보자. 초창기에 비평가들은 스타벅스를 평가절하했다. 스타벅스는 여피족의 유행 정도에 불과하며 더 이상 성장하지 않을 것이라고 말했다. 그러나 스타벅스는 커피시장을 변화시켰다. 그때까지 값싼 상품으로 여겨졌던 커피를 감성으로 충만한 고급브랜드로 올려놓은 것이다. 오늘날 스타벅스는 낭만과 휴식을 대표한다.

스타벅스의 경영자들은 그들이 팔고 있는 것은 커피가 아니라 경험이라고 말한다. 그곳의 낭만으로부터 느낄 수 있는 일탈감, 감당할 수 있을 정도의 사치와 그것으로부터 얻을 수 있는 위로 때문에 고객들이 그곳을 찾는 것이라고 말하기도 한다.

송추가마골에 대한 고객들의 선호도는 스타벅스 못지않게 대단히 높다. 필자의 직업상 여러 음식점을 추천해 보지만 송추가마골만큼 고객의 충성도가 높은 곳은 없다. '다른 음식점에 여러 번 가느니 송추가마골에 한 번 가겠다.' 는 고객도 여럿 만나 보았다.

고객들의 브랜드 충성도는 송추가마골 자산의 핵심이다. 브랜드 충성도는 오랫동안 마케팅 중심 개념이다. 브랜드 충성도는 경기 불안과 연관이 없다. 최근 계속되는 경기 침체에도 불구하고 송추가마골이 성황을 이루는 이유다. 어제와 마찬가지로 오늘도 누구나 송추가마골에 가고 싶어한다.

송추가마골의 카리스마

김 회장은 지인들과 자주 어울린다. 어느 날 그는 지인들과 의정부에 있는 한 식당을 찾았다. 조그만 장어구이집이었다.

이런저런 얘기를 한참 하고 있는데 식당 주인이 갑자기 얘기에 끼어들었다. 40대 중반의 식당 주인은 귀동냥으로 그가 송추가마골 회장임을 알았던 것이다.

"앞집 고깃집 식당 주인은 저와 친구입니다. 하루일과를 마친 후 우리는 자주 소주잔을 기울입니다. 어떻게 하면 송추가마골 같은 식당을 만들 수 있을까 하는 얘기는 항상 빠지지 않습니다. 우리의 소원은 또 다른 송추가마골을 만드는 것입니다."

그는 또한 요즘 자신의 처지가 불만스럽다고 얘기했다. 외식업에 뛰어든 지 얼마 되지 않았다는 그는 하루벌이가 그리 많지 않아도 살기에는 부족하지 않았고, 따라서 불만도 없었단다. 그런데 자신의 식당을 찾는 손님들이 송추가마골 얘기를 하면서부터 자신의 처지를 처음으로 돌아보게 되었단다.

"송추가마골에서 식사를 했는데 어쩌고저쩌고 하는 소리를 처음에는 별 부담 없이 들었습니다. 그런데 저하고 친하다 싶은 고객들은 모두 송추가마골처럼 해 보라는 거예요. 어느 날 마음먹고 고깃집 친구랑 함께 가 보았습니다."

한마디로 충격이었다. 입구에 들어서면서 이같이 큰 식당을 어떻게 채울까 생각했는데, 이는 기우였다. 바로 식당으로 입장도 못 하고 대기실에서 10여 분간 기다렸다가 식사를 하게 된 것이다. 그리고 고깃집인데도 불구하고 화사한 식당 인테리어는 이곳의 정체를 의심케 하더란다. 그는 그 길로 송추가마골 같은 식당을 만들어 보겠다고 결심했다.

그러나 송추가마골은 자기가 엄두도 못 낼 거대한 성이란 것을 깨닫는 데 그리 오랜 시간이 걸리지 않았다. 규모도 그렇지만 송추가마골에 대한 사람들의 경외심이 너무 대단하다는 것을 알았기 때문이다. 자신은 죽어도 그런 브랜드를 만들 자신이 없어지더란다. 그렇지만 그같은 식당을 만드는 소원에는 변함이 없다고 덧붙였다.

외식업소를 운영하는 사람들에게 송추가마골은 동경의 대상이다. 배움을 청하는 업소 사장님 치고 송추가마골에 와 보지 않은 사람은 없다. 이곳은 항상 많은 업소들의 벤치마킹 대상이 되고 있다. 규모나 시설, 서비스, 맛 등을 체크하러 왔다가 이곳에서 풍겨 나오는 강력한 기운에 사람들은 당황해한다. 감성 있는 사람들이라면 고객들의 한결같이 즐거운 얼굴에서 우선 그 강력한 기운의 실체를 찾을 수 있을 것이다. 좀 더 세심한 사람들이라면 송추가마골 직원들의 당당한 태도와 살가운 웃음에서 그 기운의 실체를 볼 수 있을 것이다. 그게 송추가마골의 카리스마다. 카리스마란 남을 압도하는 기운이다. 물리적 힘으로 압도하는 것이 아니라 느낌으로, 마음으로 사람들을 복종시키는 힘이다. 그러나 이러한 복종에는 전혀 억압이 없다. 굴욕도 없고 오직 자부심만 남아 있다.

그들의 자부심의 실체, 즉 카리스마는 어디에서 오는가. 쉽게 말해 표현할 수 없는 갈망이다. 쉽게 정리가 되지 않는 고객의 몰합리성이 바로 이 갈망의 정체다. 갈망은 몰합리적인 것이지 비합리적인 것이 아니다. 팬들이 모여서 좋아하는 물건에 대해 이야기할 때는 비합리적이 아닌 몰합리적인 차원에 관련되어 있다.

송추가마골의 자부심의 원천은 고객들의 갈망이다. 갈망은 자기 관찰로는 보지 못하는 것이기에 고객에게 무엇을 원하는지 물어보는 것은 무의미하다.

갈망은 시간에 제약을 받지 않고 끊임없이 동경심을 자아낸다. 그래서 갈망은 경기를 타지 않는다. 1990년대 송추가마골을 찾은 사람은 2000년대에도 여전히 찾아온다. 결코 나는 만족할 수 없다는 것이 갈망의 비밀이기 때문이다.

갈망, 이것이 오늘날 송추가마골의 진면목이다. 그들의 마케팅 활동은 갈망에 초점을 맞추고 있다. 그곳에 가면 우리는 온몸으로 감동을 느끼고 감성적으로 끈끈하게 연결되기를 원한다. 그저 물건을 구매하는 것보다는 나중에까지 기억되고 소중하게 간직될 무언가를 고대한다. 파인과 길모어는 이것을 '체험경제'라 불렀다. '맛과 서비스가 최고입니다.'라는 외식업체의 공식적이고 딱딱하고 이성적인 논리로 제시되는 마케팅은 송추가마골에는 없다.

갈망을 말할 때 우리는 그것과 욕구의 차이를 구별해야 한다. 갈망, 욕구는 한 가지 사실을 두고 사람들이 서로 다르게 부르는 이름인 것처럼 보인다. 그러나 자세히 살펴보고 구별할 필요가 있다. 욕구와 갈망의 구별은 마케팅에서는 중요하기 때문이다.

주고받음은 욕망이 아니라 욕구와 관련되어 있다. 이 둘의 차이는 필요한 욕구가 채워질 경우에 심리적으로 건강해지는 반면, 바라는 욕망이 이뤄졌을 때는 그 순간이 행복할 뿐이라는 점이다. 갈망은 대상을 통해서는 채워지지 않는다. 누구나 목마를 때는 물을 마시고 배고플 때는 빵을 먹는 것처럼, 욕구는 충족이 된다. 그러나 이와 반대로 갈망은 만족시킬 수 없다. 그것은 가라앉지 않는 그리움의 흔적이다. 갈망을 통해서 사람들은 계속 무언가를 동경하게 된다. 사랑, 삶의 의미 등 향수 어린 단어들 말이다.

성공적인 마케팅은 고객과 대화를 통해서 그의 욕구를 만족시켜 주는 것이 아니고 고객이 갈망하는 것을 찾아내는 요술을 부리는 데 있다. 마케팅은 욕구와는 아무 상관이 없고, 갈망과 관련이 있다. 우리가 송추가마골에서 찾아야 하는 것은 바로 이같은 신비스런 갈망이다. 갈망은 소비를 반복하고, 이는 소비의 신화로 귀결되게 마련이다. 갈망 마케팅의 목표는 소비자가 위대한 브랜드 전설의 일부가 되게 하는 것이다. 송추가마골은 이 전설에 끊임없이 도전하고 있다.

국내 외식업소 최초의 컬트 브랜드

오래전에 본 영화 〈와일드 오키드〉의 한 장면. 앞질러 가는 오토바이를 보면서 주인공인 미키 루크가 한마디 한다.

"할리데이비슨이네."

오토바이를 모르는 필자에게도 그 한마디 대사는 오랫동안 강력한 여운으로 남아 있었다. 전혀 생뚱맞게 영화에 삽입될 정도의 파괴력을 가진 브랜드력에 놀라움을 금치 못했던 것이다. 할리데이비슨의 브랜드 파워는 우리가 상상하는 한계를 넘어서고 있다고들 한다.

할리데이비슨은 헌신적인 소비자 집단을 보유하고 있다는 의미에서 컬트 브랜드로 불린다. 이러한 충성고객 때문에 한때 혼다 등 일본 오토바이 업체에 빼앗긴 매출분을 다시 찾아올 수 있었다는 얘기는 마케팅 전문가들이 아니더라도 일반에 널리 회자된 이야기다.

컬트 브랜드는 숭배하는 충성소비자를 보유하고 있다. 숭배적 브랜드의 강점은 말이 없어도 지배적이라는 것이다. 이들 충성고객은 가격 차이에 그다지 반응하지 않는다. 바꾸어 말하면 강력한 브랜드는 기업에서 프리미엄 가격, 높은 마진을 설정해도 가격 경쟁에서 살아남는다. 할리데이비슨이 아무리 높은 가격을 책정해도 이를 사기 위해 대기하는 고객들은 항상 무리를 지어 존재한다는 것이다.

컬트 브랜드는 고객이 집단으로 큰 헌신을 바치는 브랜드다. 그것은 배타적인 헌신을 얻고 있으며, 그 구성원들은 자발적으로 해당 브랜드를 옹호한다. 컬트란 어떤 인물, 이념, 사물에 귀의하고 헌신을 바치는 집단 또는 운동, 그 이념은 특이하고 잘 정의된 헌신적인 공동체를 확보하고 있다. 그것은 배타적인 헌신(즉 다른 단체와 공유하지 않는)을 얻고 있으며, 그 구성원들은 자발적으로 그 컬트를 옹호한다.

첨단제품의 할리데이비슨과 외식업소 송추가마골을 단순 비교하는 데는 다소 무리가 있을 법하다. 그러나 송추가마골에도 충성고객이 있고, 이들 또한 할리데이비슨 고객 못지않은 열정을 품고 있다는 점에서 이들 둘은 동격이다.

송추가마골 갈비의 단골고객은 지리와 가격 등 외형적인 조건을 무시한다. 송추가마골이 거기에 있기 때문에 수시로 송추로 향하는 고객들이다. 이들에게 가마골 갈비는 갈비의 대명사다. 소주는 진로, 담배는 말보로, 향수는 샤넬이 생각나는 것과 마찬가지다.

단골고객들과의 대화에서 느낀 것이지만 이들 중 일부는 가마골 갈비를 마약과 같다고 생각하기도 한다. 마약 판매는 모든 마케터들이 이상으로 추구하는 최고의 경지다. 마약은 대화를 불필요하게 만든다. 고객은 어디서든, 어떤 상황에서든 찾아와 살 것이기 때문이다. 마약 판매자는 고객에게 제품을 파는 것이 아니고 고객을 제품에 팔고 있다. 그러나 송추가마골은 제품인 마약 같은 갈비에다 감성, 재미, 품질이라는 핵심개념을 팔고 있다.

"고객을 송추가마골의 열렬한 팬으로 만든다는 것이 목표입니다. 진부한 표현이 될지 모르겠지만 이것은 갈비 맛만 가지고는 결코 안 됩니다. 이곳에서만 찾을 수 있는 감성가치를 덧붙여야 합니다."

그가 추구하는 감성가치는 무엇일까. 고객은 송추에서 세 가지 본질적인 요소를 느끼게 된다. 고품격 장소에서 식도락을 자유롭게 즐긴다는 '대접받는 즐거움' 이 그 첫째다. 소위 잘된다는 식당에서 흔히 겪는, 쫓기듯이 식사하고 사라지는 곳이 결코 아니다. 주차장을 비롯해 휴식공간이 넓다는 것도 있지만 직원들의 고객에 대한 태도는 왕을 모시는 태도와 별반 다르지 않다.

색다른 경험을 받고 감성을 자극하는 '충격의 연속' 이 그 두 번째다. 화가의 그림을 구경하면서 고품질 커피를 마시는 대기실, 여름에는 얼음조각 서비스, 밤에는 출렁다리를 비추는 야경, 다리 밑에 모여든 형형색색의 고기들로 고객들은 끊임없이 자극을 받는다.

보다 풍요로운 삶을 대표하는 송추가마골의 일원이 됐다는 '소비자의 퍼스낼리티' 가 바로 우리를 자극하는 세 번째 감성 요소다. 송추가마골에 갔다 온 사람들은 어떤 사람인가를 말해 주며 자격을 부여하거나 자신을 구별짓도록 해 준다. 이는 어쩌면 가장 중시되는 감성가치일지 모른다. 고객이 경험하는 모든 연출들 속에서 숭배의 핵심은 귀속감이기 때문이다.

김 회장은 이 세 가지 요소에다 최근 새로운 차원을 추가했다. 그것은 친밀감이다. 종업원들이 좀 더 고객에게 다가가는 서비스를 강조하고 있다. 예약석에 꽃을 장식하고, 카드를 제공하는 것은 좀 더 고객에게 밀접하게 다가가겠다는 선언이다. 친밀한 관계가 되면 그 외의 것들은 그다지 중요하지 않다. 말투, 자세, 목소리와 몸짓 같은 것들이 더 중요한데 가식이 없고 인위적이지 않아야 한다는 점이 포인트다. 서비스로서는 최상의 경지인 셈이다.

브랜드는 어떤 제품이나 서비스에 대한 소비자들의 모든 경험을 담는 그릇이다. 따라서 브랜드는 소비자들의 요구를 회사 또는 업소와 연결시켜 주는 것이다. 제품의 마음과 소비자의 마음을 연결시킬 수 있는 브랜드의 마음 그것이 브랜드 이미지다. 소비자의 마음을 풍요롭게 해야 한다는 점에서 송추가마골은 브랜드 이미지를 만드는 데 성공했다. '비수기는 없어도 성수기는 있다.' 는 송추가마골의 대고객 자부심이 이를 증명하고도 남는다.

송추가마골은 국내 외식업소 최초로 컬트 브랜드를 지향하고 있는 강력한 업소다. 우리가 주시하는 이유도 여기에 있다.

길이 멀어야 천리마의 힘을 알 수 있다

"잘되는 곳이 없지요."

불황이 장기화되면서 외식업소 사장들로부터 흔히 듣는 말이다. 창업계의 사장들도 마찬가지다. 이럴 때마다 필자는 빙그레 웃는다. 그들의 물음 속에 들어 있는 심리를 잘 알고 있기 때문이다. 이들은 필자로부터 긍정적인 대답을 기대하며 묻는다.

이 말 속에는 자신들의 판매부진, 가맹점 계약부진 등의 이유를 경기불황에서 찾고자 하는 나약한 인간의 심리가 도사리고 있다. 전략과 전술의 어긋남, 현실을 파악하는 능력 부족, 취약한 브랜드력 등을 자신의 잘못으로 돌리기 싫은 것이다.

그러나 어쩌란 말이냐. 잘되는 음식점이 눈에 보이고, 밀려드는 가맹 계약으로 날을 세워야 하는 창업체도 많이 있는데. 이들에게 잔인한 얘기(?)를 해 줘야 하는지 잠깐 고민하지 않을 수 없다. 다만 예전처럼 많은 업소들이 장사가 잘된다는 소리가 아니다. 잘되는 업소가 줄어든 것은 맞다. 반면 줄어든 만큼 상위 업소에 몰리는 고객은 오히려 늘면 늘었지 줄지 않았다. 부익부(富益富) 현상은 여전하다.

특히 강력한 브랜드력이 있는 업소, 업체는 경기와 무관하다. 오히려 경기가 불안할수록 이들 업소에 고객들이 몰린다. 브랜드는 특히 경기 불안이 장기화되고 있는 오늘날 주목해야 할 단어다. 브랜드는 현대사회에서 공동체의 새로운 유기체로서 자리할 시기를 맞이했다.

브랜드와 브랜드 스토리를 아주 세심하게 가꾸는 기업은 마케팅 전쟁에서 이미 절반쯤 승리를 거둔 것이나 다름없다. 브랜드 이야기는 지식과 이해의 선을 뛰어넘는다. 기업이 소비자의 신뢰와 애정을 쌓아 올리려면 그들 내부에 감성의 불씨를 피워야 하고 그 불씨를 모아 커다란 불꽃을 만들어야 한다.

'길이 멀어야 천리마의 힘을 알 수 있고 세월이 오래되어서야 사람의 마음을 알 수 있다.' 는 속담이 있다. 호황일 때는 누가 강력한지 잘 모른다. 그리고 알려고들 하지 않는다. 어차피 고객들은 내일이면 몰려들 것이고 자신들은 이익을 챙기면 그만이다. 스스로 자신들이 최강이라고 생각한다. 어떻게 생각하든 자신의 사업체는 잘되기 때문이다.

그러나 경기침체기에는 내일이라는 것이 없다. 한 가지 성공으로 몇 개월 혹은 몇 년, 심지어 몇십 년을 살아남을 수 있는 시대는 끝났다. 강력한 브랜드를 가진 업소만이 경기불안과 별개로 그 생명력을 발휘할 수 있다. 오늘과 마찬가지로 내일의 상황을 점칠 수가 있고, 더 많은 고객을 끌어 모을 수 있다.

송추가마골이 경기침체기에도 꾸준히 고객들을 불러 모으는 재주는 다름 아닌 브랜드력이다. 그 브랜드력을 키우기 위해 송추가마골은 매일 매시간 노력하고 있다. 브랜드력을 키운다는 것은 바로 가치창출이다. 예전에는 어느 한 시점에서 일정 수준의 성취를 이루어 내면 그 성취에 기대어 상당기간을 지낼 수 있었다. 그러나 오늘날에는 매일매일 새로운 가치를 창출하는 방법을 찾지 않으면 안 된다. 서비스 등 업소의 주요 전력에 차질이 생기면 보통 6개월 전후로 고객들이 떨어져 나간다고 한다.

따라서 성공적인 브랜드는 시간이 흐르면서 지속적으로 긍정적인 느낌을 만들어 낸다. 서비스, 신제품, 마케팅, 캠페인을 통해 브랜드는 날로 새로워지고 재충전된다. 훌륭한 브랜드는 영원히 끝나지 않는 시리즈처럼 핵심이 되는 주제와 아이디어의 테두리 안에서 신상품과 서비스를 끊임없이 만들어 낸다.

길이 멀어지면서 천리마의 힘을 알 수 있듯이 불황이 깊어지면서 송추가마골의 브랜드력이 새삼스레 주목을 받고 있다.

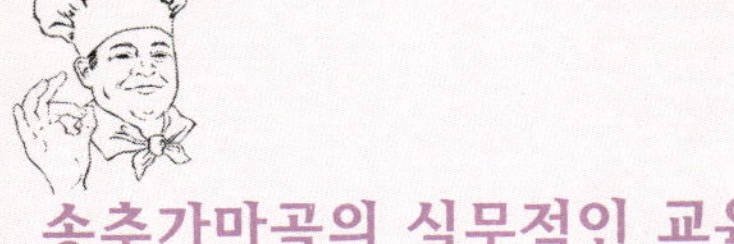

송추가마골의 실무적인 교육

송추가마골은 실무적인 교육에 많은 시간을 할애한다. 이를테면 '주방 안전교육', '신관 직원교육', '해썹(HACCP)교육' 등은 당장 직원들의 업무능력 향상과 자부심과도 연관돼 있다.

송추가마골은 2006년 초 HACCP(식품위해요소 중점관리기준) 인증을 받았다. 식당인 송추가마골이 해썹 인증을 받은 것은 고기 생산 공장을 갖고 있기 때문이다. 해썹교육에도 송추가마골은 신경을 쓰고 있다. 해썹교육에는 생산부 직원만 참여하는 게 아니다. 전 직원을 대상으로 지난 2005년에 이어 2006년에도 실시될 예정이다. 해썹교육은 상당히 구체적이다. 해썹의 정의, 역사적 배경, 도입의 필요성, 제도의 특성, 도입의 효과, 적용원칙, 국내외의 해썹 적용현황 등을 다뤘다.

'주방 안전교육'은 가스 안전관리, 전기 안전관리, 환경 안전관리 등으로 나눠 실시한다. 가스 안전관리교육에서는 공기보다 가벼운 LNG, 공기보다 무거운 LPG의 차이점을 설명하고 누출시 주의사항을 실무 위주로 교육했다.

'신관 직원교육'에서는 POS교육, 냉난방 컨트롤러 사용방법, 무전기 사용방법, 무연기 스위치와 사용방법, 예절 및 행동을 교육했다. 물론 모든 교육은 직접 시연해 보이고 실습교육으로 진행한다. 송추가마골 신관 전 직원은 무전기를 개인휴대하고 있지만 전혀 소란스럽지 않고 무전기 잡음이 들리지 않는 것은 바로 이같은 실습교육의 철저함 때문이다.

체육행사도 교육의 일환이다. 송추가마골은 매년 10월이면 3일에 걸쳐 체육대회를 갖는다. 협력업체도 참여하는 이 체육행사를 통해 송추가마골은 직원들의 애사심과 단결심을 고취시킨다.

6장
송추시대 이후

우연과 행운, 행운과 필연

노벨 생리의학상을 수상한 프랑스 생화학자 자크 모노. 그는 자신의 저서 『우연과 필연』에서 우주 안의 모든 현상이 인과법칙(因果法則)에 의해 설명된다고 해도 그러한 인과법칙은 우연의 산물에 불과하다고 주장했다. 인과율에 지배되지 않은 우주철학을 주장한 것이다. 그러나 자크 모노가 말한 우연이라는 것도 큰 틀 안에서는 필연의 과정일 뿐이다.

고대 그리스의 철학자 아리스토텔레스는 어떤 목적이 순전히 우연하게 이루어지는 것을 행운이라고 정의했다. 어떤 목적으로 지성적 이유에 바탕을 두고 합리적 방식으로 설정해도, 목적에 이르는 과정이 필연적이지 않고 그 달성을 우연에 맡긴다면, 그것은 행운을 바라는 일이라는 것이다. 따라서 그것은 인간이 지성적으로 예견하거나 통제할 수 없는 것이다.

필자가 40이 넘어 절실하게 깨달은 것 중 하나가 바로 아리스토텔레스의 인과의 법칙이다. 모든 것이 발생하는 데에는 이유가 있다. 성공은 결코 우연이 아니다. 실패 또한 우연이 아니다. 또한 어떤 분야에서든 성공한 사람들은 대개 그들이 원하는 것과 그것을 얻는 방법 사이에 존재하는 인과관계를 배운 사람들이라는 것을 발견했다. 행운은 우연의 영역이 아니라 필연의 영역이라는 것도 깨달았다. 행운과 필연의 법칙을 깨닫는 순간 필자의 인생관은 바뀌지 않을 수 없다.

마포갈비, 우이동갈비, 송추가마골 등으로 이어지는 김 회장의 행보에는 우연이 깃들어 있다. 그러나 그것은 결코 우연의 성질이 아니다. 우연을 가장한 필연이며 행운일 따름이다. 김 회장은 우연을 행운으로 바꾸는 놀라운 힘이 있다. 그 힘은 변덕스런 운명을 거역할 수 있는 자유의지의 배경이다. 김오겸 겨울동화의 완성은 그 힘에서 나올 것이다.

행운은 특별한 것이 아니라 흔히 있을 수 있는 일이다. 그러나 행운을 특별한 것으로 만드는 것은 오로지 이를 받아들이는 사람의 능력에 달려 있다. 자신감을 갖고 매사를 열정적으로 처리하는 사람에게는 행운이 찾아오게 마련이다. 반면 운에 모든 것을 맡기는 행동은 눈앞에 찾아온 행운을 그대로 놓쳐 버리는 결과를 초래하고 만다.

행운을 잡아내는 김 회장의 행보는 분명 남다른 데가 있다. 크게 세 가지다.

무엇보다 목표를 확실하게 정하고 분명하게 인식한다. 목표도 상당히 구체적이고, 일단 목표를 설정하면 매진하는 힘이 강렬하다.

모든 일을 전향적이고 적극적으로 생각하는 것도 중요한 요소다. '10번 찍어 안 넘어가는 나무는, 12번 찍는다.' 는 것이 그의 생존철학이다. 건너뛴 '11번째 찍는다.' 의 행간의 의미는 이 글 전체에 나와 있다.

인간관계를 소중히 여기는 것도 행운을 불러일으키는 요소로 꼽고 있다. '적의 마음까지 다스려야 한다.' 고 주장하는 사람이니 이 말의 중요성은 더할 나위 없을 것이다.

행운을 불러일으키는 그의 능력은 바로 이같은 적극적인 삼박자의 태도에서 나온다. 삼박자의 태도는 강력하다. 행운의 여신은 강한 자에게 순종을 하게 마련인가 보다. 그는 언제고 행운을 자신의 사업 영역으로 불러들일 수 있다고 장담한다.

행운은 여신이다. 약하고 두능력한 자에 대해서 행운의 여신은 더할 나위 없이 가혹하지만 강하고 능력 있는 자에게는 고개를 숙인다.

"부자가 되기 위해서는 무엇보다 세 가지가 있어야 한다. 첫째도 행운, 둘째도 행운, 셋째도 행은이다."

존 D. 록펠러의 말처럼 김 회장은 철저히 행운을 불러일으키는 사나이다. 앞서 애기했지만 행운은 결코 우연이 아니다. 그는 어떤 것도 우연에 맡겨 일을 진행시키지 않았기 때문에 성공한 것이다. 그에게 우연이란 것은 없다. 마찬가지로 전지전능의 지성에 있어서 우연이라는 것은 없다. 인류 역사의 긴 흐름 속에 있었던 어떤 현상들이 우연히 발생한 것 같지만 그 이면에는 반드시 필연성이 있게 마련이다.

대방무우(大方無隅) 대기만성(大器晩成)

10억 원대의 매출을 올리는 식당과 백억 원대의 매출을 올리는 식당의 차이는 무척 크다. 시간의 차이로 설명하는 사람이 있는데 이는 현실을 모르고 하는 괜한 소리일 뿐이다. 10억 원대 매출을 올리는 사람은 10년 전에도 10억 원대 매출을 올린다. 그 매출 추이가 조금씩 올라가기는 하더라도 결코 백억 원대를 돌파하지 못한다. 그의 그릇이 옹기만하기 때문이다.

외식업은 리더의 감성에 따라 크게 좌우된다. 이런 것을 하고 싶다는 강렬한 동기가 없으면 성공할 수가 없다. 성공의 크기 또한 감성에 의해 결정된다. 사랑하는 마음이 부족한 사람은 결코 외식으로 성공할 수 없다. 작은 성공밖에 누릴 수 없다.

그런 점에서 그는 주목할 만한 대상이다. 아니 아주 적절한 연구 대상이다. 수백억 원대의 매출을 올리고 있으며, 수년 내 천억 원 돌파를 향해 돌진하는 송추가마골. 그곳을 진두지휘하는 김 회장은 외식업계에서 탁월한 리더십을 발휘하고 있다.

그의 리더십의 근원은 바닥에서부터 출발한 데서 나온다. 성장을 향한 사고방식은 위에서부터 시작하지만 성장을 위해서는 바닥에 이르는 모든 단계를 두루 훑지 않으면 안 되기 때문이다. 성장의 사고방식을 가진 지도자들은 죽어 가는 기업을 번성하는 기업으로 바꿔 놓는다. 반대로 길을 잃고 방황하는 기업은 리더십의 문제를 안고 있는 경우가 많다.

출발만 갖고 그를 평가하는 것은 아니다. 자신의 식당을 재창조하는 전략을 높이 사고 싶다. 그는 시간을 두고 수없이 자신의 식당을 재창조했다. 수명이 다한 전략을 버리고 새로운 전략을 마련하면서 열 평에서 출발, 오늘날 2천 평에 달하는 송추가마골을 만든 것이다. 오늘을 만들기까기 걸린 세월은 무려 26년.

『손자병법』을 보면 선전지책(善戰之策)이라는 말이 나온다. 최상의 승리는 특별히 눈에 띄지 않고 힘도 들이지 않은 것 같았는데 어느 틈에 승리를 거두는 것을 말한다. 화려한 압승이나 상대를 확실하게 제압하는 것이 아니다. 송추가마골을 두고 한 말과 같다.

그러나 남들이 보기에는 느릿한 걸음이었을지 몰라도 그는 숨가쁘게 살아왔다. 그리고 앞으로도 그 이상의 스피드로 달릴 것이다.

누군가는 이제 그만 하면 되지 않겠느냐고 말하겠지만 그 자신은 역동적이지 않은 삶, 브레이크가 걸린 삶은 살 가치가 없다고 생각하고 있다.

그는 자신이 업계에서 주시의 대상이 되고 있음을 잘 알고 있다. 이는 또한 인간의 영원한 속성인 질투의 대상이라는 말일 수도 있다. 이에 대해서도 그의 생각은 한결같다.

"변화하지 않는 삶은 의미가 없습니다."

그에게 변화는 바로 진보다. 그리고 전진이다. 정신과 물질면에서 좀 더 풍요로운 삶이다. '인류의 3퍼센트가 세상을 변화시키고 7퍼센트는 변화를 지켜보며, 나머지 90퍼센트는 세상이 어떻게 변하는지도 모른다.' 는 격언이 있다. 분명 그는 3퍼센트, 아니 0.3퍼센트에 속하는 인류다.

그가 국내 외식업계에서 어떤 영향을 미치고 있는지, 그리고 어떻게 외식산업 변혁의 방향을 잡아 갈 것인지는 좀 더 두고 볼 일이다. 그렇지만 확실한 것은 하나 있다. 국내 외식업계는 오랫동안 지도자를 기다려 왔다는 사실이다. 김 회장 자신도 외식업계의 리더를 찾아왔다. 마치 어니스트가 '큰 바위 얼굴' 을 기다려 왔듯이.

대방무우(大方無隅) 대기만성(大器晩成) 대음희성(大音希聲) 대상무형(大像無形). 아주 큰 사각형은 모서리가 없으며 큰 그릇은 늦게 만들어지고, 커다란 음은 그 소리가 희미하며, 커다란 모습은 그 형체가 없다.

노자의 『도덕경』에 나오는 말이다. 이 시대의 큰 바위 얼굴은 바로 대방무우 대기만성이다.

송추가마골의 교육만족도

송추가마골의 교육만족도는 어느 정도일까. 지난해 신관 전 직원을 대상으로 실시한 교육 중 하나를 무작위로 선정해 통계를 내 봤다. 영업력 향상 교육과정이었다.

설문은 '수우미양가' 식으로 5단계로 나누었다.

전반적인 소감은 '매우 만족'이 19%, '만족' 53%, '보통' 25%, '미흡' 3%, '매우 미흡'은 0%로 나타났다. 전체 인원의 72%가 만족을 표시한 것이다.

업무수행에 도움이 된다는 질문에는 '매우 그렇다'가 26%, '그렇다'가 59%, '보통' 14%, '그렇지 않다' 1%, '전혀 그렇지 않다'는 0%였다. 이 역시 '우' 이상의 만족이 85%로 나타난 것이다.

본 교육과정이 교육 목표를 어느 정도 달성했다고 생각하느냐는 질문에는 '매우 많다'가 15%, '많다' 44%, '보통' 33%, '미흡' 4%, '매우 미흡'이 4%였다. '우' 이상의 만족도를 나타낸 응답자 비율은 59%였다.

교육과정에서 얻은 중요한 소득은 무엇이냐는 질문에는 전체의 42%가 '나 자신과 나의 업무를 객관적으로 관찰할 수 있는 기회를 마련했다.'고 응답했다. '나의 생각을 정리하는 데 도움이 됐다.'는 응답이 26%, '이 분야에 대한 관심이 높아져 계속 공부하는 계기 마련'이 15%를 차지했다.

교육만족도가 70%를 넘기면 교사와 교육생의 커뮤니케이션이 양호하고, 교육의 질이 인정된다. 송추가마골은 대부분의 항목에서 이 이상의 수치를 기록하고 있다.